書下ろし

龍眼 争奪戦

隠れ御庭番③

佐々木裕一

祥伝社文庫

目次

第一話　騙《だま》された女

一、

この日、伝兵衛《でんべえ》はおすぎと二人で、畑仕事をしていた。

ここは、伏見稲荷《ふしみいなり》大社の門前にある国豊寺《くにとよでら》の畑だ。

住職の幸秀和尚《こうしゆうおしよう》は、おすぎの兄で、伝兵衛は今、寺の離れでおすぎと暮らしている。

不覚にも箱根《はこね》の関所破りに失敗し、追っ手から逃げる際に熊に襲われて記憶を失った伝兵衛は、流浪《るろう》していた時、飛騨高山《ひだたかやま》ですずめ蜂《ばち》の巣を踏み抜いてしまい、黒々とした蜂の集団に襲われた。

川に逃げたものの、蜂の毒で苦しんでいたのをおすぎに救われ、いつの間にか、枕を並べて眠る仲になっていたのだ。

おすぎとの山暮らしはつましく穏《おだ》やかで、齢《よわい》五十を過ぎた伝兵衛が初めて恋をした、幸せな時間だった。

しかし、伝兵衛を知る者は、隠棲《いんせい》を許さなかった。

将軍吉宗《よしむね》の配下である宝山《ほうざん》と、今は亡き元御典医《ごてんい》甲斐天雲《かいてんうん》の弟子だったおようが現れ、伝兵衛が何者であるかを教えられた。

将軍家重《いえしげ》の難解な言葉を理解できる立場を利用して権力を我が物と企《たくら》む大岡出雲守《おおおかいずものかみ》にとって、元御庭番で、家重の言葉を理解できる伝兵衛は邪魔な存在。

命を狙《ねら》われている伝兵衛は、記憶が戻るまで身を隠すことになり、おすぎの甥《おい》の幸《ゆき》村《むら》に連れられて、国豊寺に来たのだ。

だが、幸村が伝兵衛を匿《かくま》うのは、叔母《おば》の男、という単純な理由ではないようだ。

というのも、幸村は、伝兵衛の記憶を気にしている。

元御庭番のことか、龍眼の行方《ゆくえ》のことに興味を持っているのか伝兵衛には分からぬが、思い出そうとすれば頭が痛くなるので無理はせず、今日も国豊寺の畑を耕しながら、おすぎと呑気《のんき》に暮らしている。

今年で四十になったというおすぎはよく尽くしてくれ、所帯を持ったことがない伝兵衛は、

「まるで、夢のようじゃ」

などと言い、畑仕事で汚れた足を洗ってくれるおすぎに目を細めた。

今朝畑を耕して植えつけたのは、おすぎが好物のねぎだ。

関東では根深の白ねぎだが、都で生まれ育ったおすぎは葉ねぎを好む。

他にも、冬の時期に収穫する野菜を植え、朝から昼までの仕事を終えた伝兵衛は、おすぎが足を拭《ぬぐ》ってくれると座敷に上がり、縁側へ出た。

朝晩は涼しくなったが、昼間はまだ暑さが残るこの季節、伝兵衛は、風の通りがいい表の縁側に横になり、昼寝を楽しんでいた。

人の気配に目を開けると、幸村だった。

伝兵衛が起き上がると、幸村は薄い笑みを浮かべた。

「叔母上のお顔を拝《おが》みに来た」

と言って縁側に腰かける幸村は、脇差のみを腰に帯《お》び、単《ひとえ》の軽装だ。

もっとも、伝兵衛が暮らすのは寺の敷地内であるため、宿坊に暮らす幸村にとっては、庭を横切るだけのことである。

おすぎの甥である幸村は、本名を次郎繁秀《じろうしげひで》といい、幸秀和尚の次男だ。

真田《さなだ》幸村を名乗るのは、国豊寺に深いかかわりがある戦国武将の真田幸村のことを祖父から聞かされて、その武勇に憧れているからだ。

「わたしも一角《ひとかど》の武辺者《ぶへんもの》になりたい」

などと意気込み、木太刀《きだち》を振るいはじめたのが七歳の頃だった。

繁秀は八歳の頃、兄が修行している叡山《えいざん》へ出されそうになったが、それを拒《こば》み、頭を剃《そ》ることすらも拒むようになり、尊敬してやまぬ真田幸村の影響で剣を習いたいと言いだし、剣の覚えがある寺小姓の忠左《ただざ》を相手に稽古《けいこ》をはじめた。

剣術が好きというだけあり、熱心に修行を重ねるうちにめきめきと上達し、大人になった今では、並の剣客《けんかく》では相手にならぬほどの遣い手になっている。

甘瓜《あまうり》を切ってやったおすぎが、通称である次郎と呼べば、

「叔母上、幸村とお呼びください」

と、少々不機嫌に言うほど、幸村になろうとしている。

「はいはい、幸村殿、和尚の手伝いはよろしいのですか」

おおらかに訊《き》くおすぎに笑みを見せた幸村は、甘瓜を旨《うま》そうにかじりながら、伝兵衛に顔を向けた。

「伝兵衛殿どうじゃ、何か思い出したか」

「うぅむ」

と、曖昧《あいまい》な返事をした伝兵衛は、総髪の頭を指先でかいた。

「どうなのだ」

幸村に急《せ》かされて、伝兵衛が苦笑いをする。

「記憶など、死ぬるまで戻らぬでもよいわい」

瓜を食べるのを止めた幸村が、不服そうな顔をする。

「それは困る。思い出してもここにいてよいのだから、遠慮《えんりょ》せず思い出せ」

「幸村殿、伝兵衛殿のようなお方は焦《あせ》りは禁物だと、医者様がおっしゃったではありませぬか」

伝兵衛に代わっておすぎが言うので、幸村は、それ以上は迫らなかった。

「そうでござった」

と言って豪快に笑い、

「叔母上、旨い瓜でした」

楊枝《ようじ》に刺した瓜を一つ持って、幸村は宿坊に帰った。

伝兵衛は、その背中を見送りながら、ため息を吐く。

「幸村殿は焦っておるようじゃが、わしに何か、訊きたいことでもあるのかの」

そう言っておすぎに顔を向けると、おすぎは笑みを浮かべ、湯呑を差し出しながら言った。

「あの子のことですから、剣術を習いたいのかもしれませぬ」

「わしの剣術など、たいしたことはない」

幸村の剣の腕を見込んでいる伝兵衛は、自分が教えることはないと言い、大あくびをした。

「今日は暑い。もう少し日が傾くまで、眠ろうかの」

そう言って横になり、おすぎが扇《あお》いでくれる団扇《うちわ》の風の心地よさの中で目を閉じた。

二

「いかがでございましたか」

宿坊に戻った幸村に声をかけたのは、寺小姓の忠左だ。

「変わりない」

幸村はそう言って居間に上がり、上座に座して写経をしている幸秀の前に座ると、難しい顔で腕組みをする。

「どうも、分からぬ」

「何がでございます」

訊く忠左に、幸村が顔を向けて言う。

「記憶が戻っているのか、見極められぬ」

「さようでございますか」

忠左が残念そうな顔をして、幸秀を見た。

幸村も、幸秀に顔を向けた。

「父上、叔母上に本当のことを話して、伝兵衛殿を探っていただきましょう」

写経の筆を止めた幸秀が、切れ長の目を幸村に向ける。その眼差《まなざ》しは優しく、接する者を慈愛に包む温《ぬく》もりがある。

「そう焦らず、伝兵衛殿の記憶が戻るまで、気長に待て」

幸秀が笑みを浮かべて言うので、幸村が膝《ひざ》を進めた。

「父上はお優しすぎる。そのお気持ちは分かりますが、このままでは生涯《しょうがい》思い出さないかもしれませぬぞ。叔母上とのこともそうです。このまま、夫婦のように暮らしてもよいのですか」

詰め寄るように言われて、幸秀は頷いた。

「世を捨てたはずのおすぎが高山の山から下ったのだ。伝兵衛殿には、感謝している。おすぎが好いているなら、それでよいではないか」

そう言った幸秀は、話は終わりだと言わんばかりに、再び筆を走らせた。

だが、一文字書いて筆を止め、幸村に訊く。

「それはそうと、あの二人は契《ちぎ》りを交わしておるのだろうか」

驚いた幸村が、不機嫌に言う。

「そのようなこと、わたしは知りませぬ」

「伝兵衛殿はわしと同じ年頃ゆえ、まだまだいけるであろうに」

遠くを見る目で言う幸秀の呑気な顔を見て、幸村が情けなさそうな顔で首を傾げる。

そもそも、僧である幸秀に妻はいない。よって、幸村と幸村の兄がこの世に生を成すはずはないのだが、この国豊寺には、子孫を残さなければならない秘密がある。ゆえに幸秀は、寺の支援者が世話をしてくれた女子と結ばれて、二人の男子を授かった。母親は、幸村が幼い頃に病を患《わずら》い他界してしまったが、寺で共に暮らしたことはなく、幸村も幸村の兄も、母親の顔を知らずに育っていた。

秘密を知った幸村の兄は、仏の教えに背《そむ》くことはできぬと言い、幸秀がこれと見込んだ女と結ばれるのを拒み、叡山に入ってしまった。

そして次男の幸村は、僧になることを拒み、剣の修行に没頭した。

幸秀の妹のおすぎもまた、自分の身体に流れる血の重さに衝撃を受け、来る縁談をすべて断り、高山の山奥に引き籠《こも》ってしまったのだ。

写経を進めながら、幸秀は、当時のことを幸村に聞かせた。

「先代から口止めされていたというのに、おすぎに本当のことを言ったわしが愚《おろ》かだったのだ。まさか、高山に隠棲するとは思ってもみなかった。おまえの兄にしてもそうじゃ」

幸秀は写経の紙を切ろうとして、小刀で指を傷つけてしまった。

指先にふくらむ血を見て、幸村に言う。

「口では御仏に仕える者として色欲を断つと申し、叡山に登ってしまったが、身体に流れる血に恐れを成したのだ」

「その恐れは、龍眼が取り払ってくれましょう」

幸村が希望に満ちた目で言ったが、幸秀は首を横に振る。

「わしは、そのために財宝を欲しているのではない」

「父上のお考えは心得ております。ですが、今のままでは、兄上は我が一族の血を残しませせぬぞ」

「おまえがおるではないか」

「わたしは、坊主になどなりませせぬ」

「ならずともよい。後世に血が残れば、それでよいのじゃ。九条《くじょう》さまの姫君のこと、考えたであろうな」

「お断りいたします」

幸村がきっぱり断るので、幸秀は、ほほう、と言って笑みを浮かべた。

「こたびは、あっさり断ったのう。おすぎの家で出会《でお》うたおようという娘が、忘れられぬか」

「いえ、そのようなことは」

目を伏せる幸村の顔色をうかがう幸秀だが、幸村は、胸の内を顔に出すことはない。

幸秀は、目を細めた。

「兄が叡山に入った今となっては、お前が頼りじゃ」

「それは、分かっておりますが、縁談はお断りします」

「まあ、よかろう。だが、血を絶やすことは許されぬぞ」

そう言った幸秀は、視線を廊下に転じた。

若い寺小姓の卯之助《うのすけ》が現れ、廊下に正座して告《つ》げる。

「和尚さまにお願いがあるというお方が、都から参られてございます」

「お通ししなさい」

「かしこまりました」

行儀よく頭を下げた卯之助が去り、程なく相談人を連れて庭から入ってきた。

庭で頭を下げる中年の男は、月代《さかやき》も髭《ひげ》も伸び、くたびれた顔をしている。

「おお、辰吉《たつきち》か。いかがした」

辰吉は寺の檀家で、幸秀とは親しい間柄《あいだがら》。

いつもは明るい辰吉が、神妙な顔をしている。

幸秀が心配して訊くと、辰吉は段梯子《だんばしご》の下へ進み出て、両手を地面について悲痛な顔を向けた。

「お願いでございます。娘を、娘をお助けください」

必死に拝む辰吉の様子は尋常《じんじょう》ではなく、幸秀は、険しい顔をした。

「落ち着いて、何があったのか話してみなさい」

頭を上げた辰吉の顔には、不安と恐れが滲《にじ》み出ている。

「娘が悪い男に騙《だま》されて、もう何日も帰ってこないのでございます」

「なに、おこんがだと」

幸村が驚き、廊下に出た。

おこんとは幼い頃からの知り合いで、幸村にとっては、初恋の相手でもある。

寺に生まれた者として、女に興味を抱いてはならぬと兄から言われ、おこんへの想いを断ち切るために剣の修行に没頭したことを、幸村は今でも憶《おぼ》えている。

その初恋の相手が、危ない目に遭っている。

辰吉が言うには、十七になった娘のおこんが、祇園《ぎおん》に遊びに行ったきり帰ってこなくなっているという。

仲の良い長屋の友人に訊いたところ、二月前に二人で木暮《こぐれ》という店に遊びに行ったことがあり、今回もそこに行かないかと誘われたが、友人は用があって行けなかったので、おこんは一人で行ったという。

ここまで言って、辰吉が嗚咽《おえつ》をもらした。

幸村が促《うなが》しても、辰吉は泣くばかりで、その先を言おうとしない。

「黙っていたのでは分からぬぞ。木暮という店で、何があったのだ。話してみなさい」

幸秀が厳しい口調で言うと、辰吉が、はい、と言って、洟《はな》をすすった。

「木暮に行って娘のことを訊きましたら、娘は遊んだ代金を払えないので、店に留め置いているというのでございます。わたしは驚いて、すぐに代金を払おうとしたのですが、とても払える額ではないのです」

「それで、わしに助けを求めに参ったか」

「どうか、どうかお助けを」

拝む辰吉に、幸秀が訊く。

「いくら払えと言われたのだ」

「銀、一貫でございます」

「ほぉう」幸秀は、指で顎《あご》をつまんで目を細めた。「それは大金じゃな」

「飾師《かざりし》のわたしが一年働いてようやく稼ぐ額でございます。すぐ払えと言われても、貯《たくわ》えも及ばず、どうにもなりません」

飾り職人の辰吉は、親類縁者や贔屓《ひいき》の店に頼んでみたが、どこもその日を暮らすのがやっと。景気が悪いらしく、半分しか集められなかったという。

うな垂れる辰吉に、幸秀が訊く。

「そもそも、木暮は何をする店なのだ」

「若い男が給仕をする甘味処《かんみどころ》でございます」

「甘味処！」これには幸村が驚いた。「それで銀一貫とは、どのような店なのだ」

「色男が揃《そろ》っているらしく、毎日女の客で行列ができるほどの人気がございます」

「そのような店で、何ゆえ一貫も使ったのだ」

幸村の問いに、辰吉が頭を振る。

「わたしも、さっぱり分からないのです」

辰吉は言い、幸秀に顔を向けた。

「お願いでございます和尚さま。借りたお金は必ず返しますから、娘を助けてやってください」

幸秀は、辰吉の求めに応じた。

「幸村、忠左。辰吉と行き、力になってやりなさい」

幸秀に言われて、幸村と忠左が立ち上がる。

幸秀は別室に入り、手文庫から銀を出した。

檀家から寄進されたお宝は、人助けのために使うことにしている。このことは先々代から続けられていることで、国豊寺に駆け込めば助けてもらえるという評判は近隣の国にも広がっており、都だけでなく、大坂や大和《やまと》、遠いところでは芸州《げいしゅう》辺りからも助けを求める者が来ることがある。

まだ若い卯之助は未熟者だが、幸村と忠左は、幸秀と共に人助けをしており、こたびのようなことには慣れている。

幸秀から足りない分を渡された幸村は、辰吉の分を合わせた銀一貫を懐《ふところ》に納め、寺から出かけた。

昼寝から覚め、畑に出ていた伝兵衛は、黒塗りの笠をつけて出かける幸村を見かけて、鍬《くわ》を振るうのを止めた。

「おすぎさん、何か、あったのかのう」

訊くと、雑草を抜いていたおすぎが振り向き、幸村を見た。

「どうやら、兄上が人助けをしているようです」

「人助け」

「ええ。この寺は、そういう所なのです」

おすぎは造作もなさげに言い、仕事に戻ったので、伝兵衛は、この時は何も思わず鍬を握り、畑仕事に精を出した。

三

八坂《やさか》神社前に到着した幸村たちは、門前を左に曲がり、四条大橋《しじょうおおはし》の方へ向かって歩いた。

この辺《あた》りは夜ともなれば花街であるが、昼間の門前通りは、八坂神社の参詣《さんけい》客を相手にする水茶屋や菓子屋、土産物屋《みやげもの》が軒を連《つら》ね、たいへんな賑《にぎ》わいだ。

人混みの中を歩んだ幸村は、辰吉について辻《つじ》を右に曲がった。

子供たちが遊ぶ路地を進み、再び右に曲がる。木暮という店は、大通りから筋を一つ奥に入った場所にあり、到着してみると、なるほど女たちに人気の店らしく、行列ができていた。

幸村は、若い女を押しのけて中に入る気になれず、辰吉に銀を渡した。

訝《いぶか》る辰吉に、

「わたしが行くほどのことではあるまい」

と言ったが、内心は、おこんの顔を見るのを躊躇《ためら》っているのだ。

おこんに想いを告げたこともなく、忘れていたはずであるが、寺で名を聞いただけでこころがざわついたため、顔を見れば再び恋に落ちてしまうのではないかと、恐れたのである。

「礼など言わなくていいから、金を払ったら家に帰ってくれ。忠左、わたしはそこの店にいるから、終わったら呼びに来てくれ」

忠左を辰吉と共に行かせて、幸村は向かいの小料理屋に入った。

金さえ払えばおこんは帰らせてもらえる。

そう軽く考えていた幸村は、忠左が戻るまで酒を呑もうと思いついたのだ。

幸村の様子に首を傾げた忠左であるが、辰吉を促して木暮に行き、

「ちょっと、通しておくれ」

客の女を分けて暖簾《のれん》をくぐった。

店の男が飛んで来て、

「お客さん、順番を守っていただかないと困ります」

挑《いど》みかかるような口調で言うのに顔を向けた忠左が、客じゃないと言って、強引に入った。

店の中は、白粉《おしろい》や香り袋の匂いと、給仕をする若い男に色目を送る女の熱気でむぅんとしている。

寺に仕える忠左には、目に毒だ。

瞬《まばた》きをして大きな息を吐いた忠左は、帳場からこちらの様子を見ていた男に手を上げ、

「支払いに来たぞ」

そう言って、辰吉を引っ張って行った。

帳場にいた男が、あからさまに迷惑そうな顔をして立ち上がり、上がり框《かまち》に膝を揃

えた。

「忙しいところ済まないね」

忠左は言い、遠慮なく男の横に腰かけ、辰吉を促す。

頷いた辰吉が、店の者に銀を入れた袋を見せた。

「このとおり、銀一貫持って来た。娘を返してくれ」

「娘？」

店の男が訊く顔をする。

「おこんだ。昨日迎えに来たわたしの顔を忘れたのかい」

すると店の男が、困った顔をした。

「ああ、貴方でしたか。娘さんは、ここにはいませんよ。目を離した隙《すき》に、逃げてしまいましたからね」

「逃げた？　嘘《うそ》を言え」

「嘘じゃございませんよ。今店の者が捜しに出ています」

店の男は上方《かみがた》なまりで穏やかに言う。

「代金をいただきましょうか。払っていただければ、捜す手間も省《はぶ》けますので」

店の男が薄笑いを浮かべて手を出したので、忠左は疑い、辰吉をさがらせた。

「そのようなことを言って、代金だけふんだくる腹か」

忠左が睨《にら》むと、店の男は苦笑いをした。

「そう言われましてもね、いないものはいないんです」

辰吉が店の男に迫った。

「だったら、今は払えない。娘が家に帰ったら、事情を訊いてまた来る」

そう言って帰ろうとした辰吉の前に、人相の悪い男たちが立ちはだかった。

「お客さん、食い逃げは困りますよ」店の男が言い、立ち上がる。「娘さんが溜《た》めた代金を、今すぐ払ってください」

「だから、娘が帰ったら事情を訊いて払いに来ると言っているだろう。だいいち、こんな店で一貫も使うなんて、おかしいじゃないか」

辰吉は店の客に聞こえるような大声で言ったが、騒ぎを起こしている迷惑な客だと言わんばかりに、女たちの冷めた目が向けられた。

だが中には、おこんと同じようにつけを溜めているのか、暗い顔をする女もいる。

忠左はそんな女たちを見て、この店には裏の顔があるのではないかと思い、立ち上がった。

「済まないが辰吉さん。金をお貸しするのは取り止めとさせていただきますよ」

忠左はそう言って辰吉から銭袋を取り上げ、店の男に顔を向ける。

「この金は、わたしどもが貸したものでね、娘の顔が拝めないなら、貸すのは止めだ」

店の男の目つきが変わった。

「借金のかたに、娘を預かるのかい」

「それはこちらのことでしょう。わたしは国豊寺の者ですよ」

ちっ、と舌打ちが聞こえそうな顔をした店の男が、忠左を睨む。

「では、どうしても払っていただけないので？」

「ですから、おこんさんが帰ったら払うと言っているでしょう。金と娘を取られたんじゃ、辰吉さんがあんまりだ」

忠左が言うと、浪人風の用心棒が忠左の腕を摑《つか》んだ。

「何を言うか。それではまるで、我らが人攫《ひとさら》いのようではないか」

「違うのですか？」

「妙な言いがかりをつけると許さんぞ」

用心棒が大声を張り上げたところへ、暖簾を分けて侍が顔を覗《のぞ》かせた。

「店先で何を騒いでおる。客が怯《おび》えておるではないか」

「これは、高木《たかぎ》さま」

用心棒が急に態度を変え、忠左を離した。

侍は、紋付きの黒羽織《くろばおり》を着、腰に大小と十手を帯びている。身形《みなり》から察するに、西か東の、町奉行所の与力らしい。

「旦那さまは、どちらの奉行所のお方でございますか?」

忠左が訊くと、侍は真顔を向けた。

「わしは、東町奉行所の与力だ。おまえら、目つきが悪い。何を揉《も》めておる」

「へい」

忠左が腰を折り、これまでのことを話した。

すると高木が、考える顔をする。

「そいつは、食い逃げになるな」

高木が言うので、忠左は目を見開いた。

「やはり、そうなりますか」

「代金を払わずに逃げたのだ。食い逃げと言われて当然だ」

「しかし、このような店で銀一貫とは、いくらなんでも高すぎはしませんか。若い娘が一人で来たのですよ」

忠左が言うと、店の男が負けじと反論した。

「高木さま、この人たちは大きな声で、まるで手前どもが人攫いのように言われます。なんとかしてくださいまし」

「よし、ではわしが、店を検《あらた》める。お前ら、それで文句はあるまい」

指差された辰吉が小さくなって頷《うなず》いたので、忠左も承知した。

高木と共に家中を捜したが、おこんの姿はどこにもなかった。

「やはり逃げたのだ」

高木は言い、店の男と、忠左と辰吉を座らせた。そして、店の男に厳しい顔を向ける。

「おい、文治《ぶんじ》」

「へぇ」

「娘に男たちを何人あてがったか知らぬが、いくらなんでも銀一貫とは高すぎる。ここで商売を続けたければ、納得のいく額にまけてやらぬか」

「そう申されましても、困ります。娘さんは、それなりに楽しまれたのですから」

「どんな遊びをしたら、一貫にもなるんです。芸者遊びをしたのでもあるまいし」

辰吉が訴えると、文治が目を細めた。

「ここは祇園ですよ」

「………」

悪い予感に声を失う辰吉の代わりに、高木が訊いた。

「この者の娘は、座敷遊びをしたのか」

「はい」

木暮には、男が芸者と遊ぶのと同じように、客の女を座敷に上げて、店の男たちと遊ばせる商売もしていた。

「まさか、男に春を売らせてはおるまいな」

高木が言うと、辰吉が驚いて腰を浮かせた。

文治は手をひらひらとやり、

「まさか。食事をしながら小唄を楽しんだり、話をするだけでございます。店のお客たちを見ていただければ、お分かりいただけましょう」

「まあ、そうだな」

高木は言い、辰吉に顔を向けた。

「おい」

「はい」

「そういうことだ。娘が楽しんだのだから、親なら払うのが当然であろう」

「しかし、娘はどこにもいないのですよ」

「何処《どこ》かに隠れておるのだろう。店の者が捜すのを止めれば、家に帰るのではないか」

「は、はあ」

「ま、わしの出番はここまでじゃ。あとは、双方で話をつけろ。よいな」

高木はそう言って、出された菓子を旨そうに食べると、帰っていった。

結局辰吉は、忠左に拝んで銀を借り受け、請求通りの額を払った。

小料理屋で呑気に酒を呑んでいた幸村は、戻ってきた忠左から話を聞いて、格子窓の中から木暮を見た。

「では、まっとうな商売をしているということか」

「はい」

沈んだ声をする忠左に目を向けた幸村は、その横で暗い顔をしている辰吉に視線を転じた。

「娘が、あんな店で男遊びをするなんて」

どうしても信じられないと辰吉は言っているが、木暮に出入りする女たちの楽しげな顔を見ていると、そんな娘も世の中にはいるのかもしれないと、この時、幸村は思ったのである。

それが初恋の人だけに、幸村は悲しい気分になり、ため息を吐いた。

だがおこんは、夜になっても家に帰ってこなかった。

四

薄暗い部屋に横たわっているのは、辰吉の娘おこんだ。色白で小顔のおこんは、落ち着いた美しい娘で、幸村が恋ごころを抱いたのも分かる。

祇園のとある場所なのだが、おこんは、ここがどこなのか、まったく分かっていない。

座敷牢のような部屋に押し込められた時は、怖くて泣いてばかりいたのだが、番人が香を焚《た》いてからは、呆然と一点を見つめるようになり、やがて、手を着物の襟《えり》から滑《すべ》り込ませて、胸を触りはじめた。両足を閉じ、太腿《ふともも》を擦り合わせて、狂おしそうな顔をしている。

そんなおこんの様子を襖《ふすま》の隙間から見ているのは、覆面《ふくめん》を着けた侍だ。

「どうやら薬草が効いているようじゃな、丹後屋《たんご》」

「はい」

侍の背後で返事をしたのは、でっぷりと太った四十過ぎの男で、脂《あぶら》ぎった丸顔に意地の悪そうな笑みを浮かべている。

この男、丹後屋宗右衛門《そうえもん》は、都では名の知れた大商人で、呉服や小間物を扱う店をいくつも持ち、大名貸もしている。

大名家から得る利息だけでも相当な儲《もう》けがあるだろうが、金の亡者である丹後屋宗右衛門は、賭場、高利貸、もぐりの女郎屋などもしており、裏ではかなりあくどいことをしている。

覆面を着けた侍などは、宗右衛門にしてみれば小者にすぎないのだが、小うるさい世の中の目を誤魔化《ごまか》すために毒まんじゅうを食わし、いろいろと便宜《べんぎ》を図《はか》らせている。

丹後屋が営《いとな》むこの店は、木暮のすぐ近くにあるのだが、外から見たのでは普通の家にしか見えず、知る人ぞ知る、遊郭《ゆうかく》なのである。

ここにいる女は皆、宗右衛門が営む店の支払いができずに連れてこられている。

おこんが罠《わな》に落ちた木暮もそのうちの一つで、密《ひそ》やかなる遊郭で働かせる女を搦《から》め捕る場所であり、遊びに来た女が店主の目に留まれば、すぐには払えぬ多額の請求をして、闇に引きずり込むのだ。

丹後屋が侍に歩み寄り、狡猾《こうかつ》な顔を向ける。

「いかがですか」

「うむ。なかなかの上玉。おおいに稼いでくれるぞ」

「女は明日から客を取らせます。その前に、お楽しみください」

「丹後屋、何を望む」

「使えぬようになった女がおります」

「分かった。任せておけ」

「よしなに」

「攫って怪しげな薬漬けにして稼がせ、稼げぬようになれば捨てるか。丹後屋、おぬしは鬼じゃ」

「貴方さまは、その鬼の仲間」

「さよう。わしも鬼じゃ。鬼は、生贄《いけにえ》を喰らわねば生きられぬ」

侍は嬉々《きき》とした目をして立ち上がり、羽織を脱《ぬ》いで部屋に入った。

身もだえしていたおこんは、うつろな顔を侍に向けたが、何が見えているのか、笑みを浮かべる。

見張りの者が座敷牢に入り、おこんを抱きかかえて出ると、隣の部屋に支度《したく》された床に横たえる。

「ごゆっくり、お楽しみください」

見張りの者がそう言って出て行くと、侍は下帯を取り、おこんの帯に手をかけた。

おこんは抵抗もせず、天井を見つめている。

侍が乳房に触れると、おこんは薬のせいで火照《ほて》った身体をくねらせて抱きつき、うぶとは思えぬほどの声をあげた。

汗みずくになって戻ってきた侍が、冷めた酒で喉《のど》の渇《かわ》きを潤《うるお》して、丹後屋に言う。

「まこと、おぬしの秘薬は恐ろしいものじゃ。生娘《きむすめ》を、あのように変えてしまうとはな」

「鬼の妖力にございます」

「まだ言うか」

侍と丹後屋は酒を酌《く》み交《か》わし、くつくつと笑った。

同じ屋根の下には、騙されて連れて来られた若い娘が五人ほどいる。

その誰もが狭い部屋に籠り、香炉を抱き、出てくる青白い煙を吸ってうつろな目をしている。

この怪しげな秘薬の虜《とりこ》にされた女たちは、自分が誰であるかも忘れ、逃げようともしない。そして、店の者が男を連れて来れば、痴女《ちじょ》と化し、狂ったように求めるのだ。

客は、大商人や身分のある役人ばかりで、普段は難しげな顔をしてお堅い仕事をしている。茶屋での芸者遊びもろくにしない真面目《まじめ》な男たちばかりのせいか、うぶな顔をした娘たちが豹変《ひょうへん》するさまに驚き、病み付きになる。ゆえに、犯罪の臭いに気付きながらも大金を払い、足しげく通うのだ。

薬と男の身体に惑わされた女たちが、柔肌《やわはだ》を露《あら》わにして狂った声をあげる一方で、小暗い部屋に押し込められてぶつぶつ独り言《ひとりごと》をいう娘がいる。

おなつという若い娘は、おこんと同じように何度か木暮に通い、一人で来た時に多額の請求をされて、搦め捕られた。一年前のことだ。

親は夫婦で小店《こだな》を営む普通の家の娘であったため、夜になっても帰らぬと大騒ぎになった。木暮に行ったことは知っているので、当然捜しに来る。だが、辰吉が追い返された時とは違い、店に来ていたが夕暮れ前には帰ったと言い、知らぬ存ぜぬと白《しら》を切りとおしたのだ。

親が来た時には既《すで》に秘薬に冒されていたおなつは、それから一年中客を取らされ、身も心もずたずたになっていた。そして、重い病にかかったのだ。

血を吐きながらも秘薬を止められないおなつは、暗い部屋で痩《や》せ細った身体を横たえ、香炉から出る煙に酔っている。

そのおなつの前に、丹後屋の男たちが立った。

うつろな目を向けたおなつは、震える手を男の足に伸ばし、救いを求める。

男はおなつの手を摑んで身体を起こすと、

「ご苦労だったな。今、楽にしてやるぜ」

情のない声で言い、軽々と担《かつ》ぎ上げた。

鴨川《かもがわ》に浮かんだおなつが見つかったのは、翌日の朝だった。

見つけたのは、魚を売り歩いていた男だった。

河原で烏《からす》が騒いでいるので何かと目を向けた時、岩のあいだに人の足が見えたのである。

あまりのむごたらしい姿におののき、這《は》うようにして人を呼びに行った。

おこんを捜していた幸村は、

「若い娘が死んでいる」

という声を聞き、走った。

河原には既に町方同心が来ていて、町役人たちに野次馬の目を遮《さえぎ》らしている。

幸村は、顔見知りの同心だったので声をかけた。

「蒲田《かまた》殿」

険しい顔を向けた蒲田が、

「なんだ、お前か」

と言うので、幸村は役人を割って歩み寄った。

「何の用だ」

「今、若い娘を捜している」

幸村が人助けをしていることを知っている蒲田が、掛けられていた莚《むしろ》を剝《は》いだ。

若い女は髪がほどけ、長い黒髪が顔や首にへばりつき、紫になった口の中には水が溜まり、少しだけ開いた瞼《まぶた》の奥にある目は、悲しげに空を見ている。

「捜している娘か」

「いや、違う」

そうか、と言った蒲田は四つん這いになり、もの言わぬ骸《むくろ》を調べた。

首に絞められた痕《あと》はなく、着物を見た限りでは斬られ刺されたようではない。

「こいつは、身投げか」

蒲田はそう独りごち、骸を見た。着物の裾からのぞく青白い両足は、僅《わず》かに開いている。

「済まないが、調べるぞ」

そう言って手を合わせると、蒲田は骸の着物の裾を割り、下腹まで露わにした。

黒い茂みの奥にある秘部を見た蒲田は、着物を元通りにして隠した。

「何か分かったか」

背後でした声に、蒲田が立ち上がって頭を下げた。

上役の高木が幸村をじろりと睨む。

「蒲田、こちらは？」

「わたしの知り合いで、国豊寺の幸秀和尚の息子さんです。人を捜していると申しますので、通しました」

「なるほど。して、貴殿の知った顔か」

「いえ」

幸村が答えると、高木が十手を振ってどかせ、おなつの死に顔を見おろす。

「目立った傷がないところを見ると、身投げだな」

高木は言い、蒲田に向きなおった。

「この痩せ細りようだ。どこぞの女郎が、病気を苦にして身を投げたのであろう」

蒲田は、高木の言葉に顔を上げる。

「御差配。何ゆえ女郎だとお分かりですか」

「見て分かろう。いかにもそういう女だ」

高木は女郎の身投げだと決めつけ、町役人たちに始末を言いつけると、蒲田に町の見廻りに戻るよう命じた。

蒲田は高木に従い、役目に戻ろうとしたのだが、町役人が骸を戸板に載せて河原から上がった時、野次馬の中から飛び出した中年の男が莚を剝ぎ、

「おなつ！」

と大声をあげて抱きついた。

名を聞くまでは分からなかった幸村は、一年前のことを思い出し、愕然《がくぜん》とした。

確か一年前、寺の檀家の者が、近所の娘の行方が分からなくなったと助けを求めにきたことがある。その名は、おなつだったはず。

「おい」

幸村は声をかけて、おなつにしがみつく男に歩み寄る。

その姿を人混みの中で見た蒲田が引き返そうとしたが、高木が止めた。

「女郎のことに構っている暇はないぞ。他にも未解決の事件は山ほどあるのだ」

「はは」

蒲田は頭を下げ、別件の探索に向かった。

五

清水寺《きよみずでら》に登る参道の裏店に暮らしている辰吉は、仕事も手につかず、部屋の中にぽつねんと座り、ずっとおこんの帰りを待っていた。

十年前に恋女房と死に別れてからは、男手ひとつでおこんを育て、親子仲良く暮らしてきた。

器量よしのおこんには、方々から縁談の声がかかっていたが、親思いのおこんは、辰吉が一人になると言って、なかなかうんと言わなかった。

そんなおこんが、木暮のような店に行っていようとは思いもしなかっただけに、辰吉は、信じられない気持ちと、もっと気を付けておくべきだったという後悔の念にかられていた。

帰ったらこっぴどく叱《しか》り、すぐにでも縁談をまとめて嫁に出す。

そう決めて、辰吉は娘の帰りを待っていたのだが、いつまでも帰らないので不安になり、捜しに出ようとした。

表の障子に人影が差したので、

「おこんか」

声を掛けたのだが、応じたのは男だった。

「入るぞ」

そう言って戸を開けたのが幸村だったので、辰吉はがっかりした。

「これは、幸村さま」

頭を下げ、元気のない顔を上げる辰吉に、幸村は厳しい顔をした。

「やはりおこんは、まだ帰っておらぬか」

訊かれた辰吉は、不思議そうな顔をした。

「やはり、とは、どういうことでございます？」

辰吉は、上がり框に腰かける幸村の横に膝を揃えて訊いた。

「何かあったのでございますか」

「一年前、遊びに行ったきり行方知れずになっていた娘がな……」

幸村は、言うのをためらった。

「幸村さま、教えてください」

辰吉が膝を進めて訊くと、幸村は、おなつが死んだことを教えた。

「川で見つかったおなつの親が言うには、一年前、木暮によく行っていたそうだ」

辰吉は目を見開き、手で膝を摑んだ。不安な気持ちが増すばかりなのだろう。身体ががたがたと震えはじめた。

幸村は、辰吉に厳しい目を向ける。

「辰吉さん」

「はい」

「もう一度訊くが、おこんは、確かに木暮に行ったのだな」

辰吉は、辛そうな顔で頷いた。

幸村が、眉間《みけん》に皺《しわ》を寄せる。

「これはわたしの勘だが、おこんはまだ、木暮にいるのではないだろうか」

辰吉は不安な気持ちを追い払うように、首を何度も横に振った。

「いません。いるものですか」

「何故そう言える」

「だってそうでしょう。わたしが木暮と揉めている時に与力の高木さまが来られて、店と家の中を調べてくださいましたから」

「そうだったな」

「はい」

「では、わたしの思い過ごしか」

顎をつまんで考える顔をする幸村に、辰吉が訊く。

「いかがなさいました」

「ここに来る前に木暮のことを調べたのだが、営んでいるのは、丹後屋宗右衛門だ」

「それが、何か」

「わたしがおこんはまだ木暮にいるのではないかと思ったのは、丹後屋に悪い噂《うわさ》があるからだ」

「どのような、噂でございますか」

「丹後屋は、もぐりの遊郭で荒稼ぎをしているらしい」

遊郭と聞き、辰吉の顔色が変わった。

「ま、まさか、おこんがそこにいるとでも」

「酷《こく》なことを言うが、そうかもしれぬ。今朝見つかったおなつは、客を取っていたふしがある」

「そんな――」

辰吉は思わず尻を浮かせた。

幸村が肩を摑んで座らせる。

「慌《あわ》てるな。おこんがそうと決まったわけではない」

「当然です。おこんは逃げたのですから」

「だが、戻ってこないな」

「………」

辰吉は幸村の手を振り払って立ち上がり、外に出た。

外で待っていた忠左が目を丸くして、何処に行くのかと言って、表通りに走る辰吉を呼び止める。

「おこんはもうすぐ帰ってくるんだ。帰ってくる」

辰吉は言いながら表通りに行き、人混みの中に娘の顔を捜した。

追ってきた幸村が、辰吉の肩を摑んだ。

辰吉が、悲しげな顔を向ける。

幸村は辰吉の正面に立ち、顔を見据えて言った。

「わたしは、長らくおこんに会っていない。顔を見れば分かるだろうか」

「捜していただけるのですか」

「うむ」

「ありがたい。お世話になります」

手を合わせて拝むようにした辰吉は、おこんは昔と変わっていないと言った。

幸村は目を閉じた。忘れようとしていたおこんの美しい顔が、脳裏《のうり》によみがえる。

目が切れ長で唇が薄く、左の目尻に小さなほくろがあるおこんは、幸村の憧れだった。

目を開けた幸村は、忠左に言う。

「お前は、おこんが隠れそうな場所を捜してくれ」

「承知しました」

幸村は頷き、その場を去ろうとしたのだが、辰吉が呼び止めた。

「幸村さま。わたしも御一緒させてください。家で待っていることなどできません」

「その気持ちは分かるが、お前には無理だ」

「どういうことです」

「わたしはこれから、丹後屋の遊郭へ行く」

「そ、そんなところに、おこんはいませんよ」

「わたしもそう思っている。念のためにこの目で確かめてくるから、お前は家で待っていろ」

踵《きびす》を返す幸村を追い越して前を塞《ふさ》いだ辰吉が、地べたに座って頭を下げた。

「やっぱり、わたしも連れていってください」

「だめだ。邪魔になる」

幸村は言い、その場を去った。

辰吉は、肩を落として長屋に足を向けたものの、おこんが遊郭に囲われているかもしれないと思い、足を止めた。

一旦そう思いはじめると、どうにも不安が勝《まさ》り、辰吉は幸村を追った。

気付かれれば追い返されるので、見失わないように間を空けて付いて行った。

幸村は、鼠《ねずみ》色の無地の単に黒帯を巻き、大小を落とし差しにした形をしている。

辰吉は、その背中を見失わないように目を皿にして、幸村のあとを追った。

幸村は、路地で遊ぶ子供たちに気さくに声をかけながら、真っ直ぐ祇園を目指した。

やがて日が沈み、祇園の町は、昼間とは違う色を見せていた。

茶屋が並ぶ通りに入った幸村は、芸者を連れて歩く商家の若旦那風の男を横目に見ながら、木暮の前を通り過ぎた。

辰吉は、芸者たちが着ける簪《かんざし》を作る職人だが、夜の祇園には縁がない。こころが平常なら、すれ違う芸者の髪飾りに目を奪われるはずであろうが、今夜ばかりは、まっすぐ幸村の背中を見据えて、逃すまいとしている。

幸村が、細い路地に入った。

辰吉が追って入ると、幸村は、なんの変哲もない家の前で立ち止まり、辺りを見回した。

家の角に身を隠した辰吉が再び顔を出すと、幸村の姿が消えていた。

先ほど幸村が立っていた家の前に行くと、家の戸が閉められるところだった。

「ここが遊郭なのか」

辰吉は、黒板の壁を見上げた。

町家としか思えぬ家を見ていると、

「済まないが、通しておくれ」

後ろから声をかけられたので、驚いて跳び退《の》いた。

痩せた顔の男がじろりと訝しげな目を向けている。

「す、済みません」

辰吉が謝ると、男が手を差し出して言う。

「先にどうぞ」

「いえ、わたしは」

「遊びに来たのではないのかい」

「噂を耳にしたもので、どうなのかと思いまして」

男が下から覗き込むようにして、にたりと笑う。

「ここは凄《すご》いぞ。高いのが玉にきずだが、いっぺん味をしめたら、他の遊郭へは行けないよ」

「そ、そうですか」

「初めてなら、わたしと行くかい。いい娘を知っているから頼んであげるよ」

そう言われて、辰吉はしがみつくようにした。

「お願いします。お供をさせてください」

「はいはい、では、行きましょう」

人の良さそうな男に連れられて、辰吉は遊郭に入った。

六

その男は常連だった。

出迎えた店の者が辰吉を疑いもせず、男と共に座敷に通した。

「旦那さま、いつもの趣向でよろしゅうございますか」

店の者が揉《も》み手で言うのに応じた常連の男が、辰吉に顔を向けた。

「この人には、清香《きよか》を付けておあげなさい」

「かしこまりました。では、支度をさせますので、少々お待ちください」

店の者が手を打ち鳴らすと、仲居が酒肴《しゅこう》を持ってきた。

常連の男は店の者をさがらせ、辰吉に酒を勧めた。

辰吉が恐縮して断り、酒を注ごうとしたのだが、

「まあまあ、遠慮されずに」

常連の男がそう言って、酒を注ぐ。

辰吉は、疑われるといけないので盃を干し、

「楽しみです」

などと言い、女が来るのを心待ちにするふりをした。

それを見た男が、酒を舐《な》め、楽しげに言う。

「ここの女たちは凄いよ。みんな大人しそうな顔をしているのだが、わたしが着物を脱ぐなり舌なめずりをして、吸い付いてくるんだ。それはもう激しくてね、わたしなどは翌日仕事にならないほどだ。お前さんも、きっと気に入るよ」

銚子を一つ空にした頃、廊下に人影が差し、店の者が座った。

「お待たせしました。清香にご案内いたします」

「はいはい」

常連の男が応じて、辰吉を促す。

辰吉は男に頭を下げ、店の者に付いて行った。

薄暗くて狭い廊下を案内されている時、辰吉は辺りに人気《ひとけ》がないのを確かめて、店の者を呼び止めた。

立ち止まった店の者が、にこやかな顔で振り向く。

「なんでしょう」

「さっき連れの者に聞いたのだが、近頃新しく入った女がいるなら、そちらに換えてもらえないだろうか。わたしは、あまり慣れていない女が好みなのだ」

「そう申されましてもねぇ」

「いないのかい？」

「いるにはいますが、先ほどお武家様から同じようなことを頼まれましたので、待っていただけるならご案内できますが」

「その子は、いつから働いているんだい」

「今日からです」

辰吉は、小粒銀を握らせた。

「頼む、こっそり、顔を拝ませてもらえないだろうか」

「いやいや、それは無理ですよ」

「そう言わずに、気に入る子なら、何刻でも待つから。これで頼むよ」

再び小粒銀を握らせると、店の者は喜び、

「お客さん、今回だけですよ」

と言って、手招きした。

「ここから見ていてください」

辰吉が頷き、庭木の陰に身を潜《ひそ》めると、店の男が廊下に上がって、部屋の前に座った。

「失礼します。お客様、少しよろしいでしょうか」

そう言って障子を開けると、中に幸村がいた。

幸村の横に座っている女は、がっくりと首を垂れているので顔が見えない。

店の者は、女の様子を見て驚き、

「何か粗相《そそう》がございましたでしょうか」

などと慌てている。

女が顔を上げた。

店の者の肩越しに見えた顔に、辰吉が目を見張る。

「おこん！」

薄い長襦袢《ながじゆばん》だけを身に着けた我が娘の姿に叫び、辰吉が廊下に駆け上がる。

店の者がぎょっとして振り向き、

「な、なんです」

辰吉を見上げた。

「この子はわたしの娘だ。よくも騙したな」

辰吉は店の者に摑みかかり、拳を振り上げたが、幸村に止められた。

「幸村さま、一発殴《なぐ》らせてください」

「いいから手を離せ」

幸村に言われて辰吉が手を離すと、店の者が外に出ようとした。

その首に腕を回して捕まえた幸村が、首を絞められて苦しむ店の者に言う。

「奉行所に突き出してやる。神妙にしろ」

あっ、という顔をした店の者が、抵抗をやめた。

「辰吉さん、おこんを連れて来い」

幸村に言われた辰吉は、呆然としているおこんを抱えて立たせ、部屋から出た。

抵抗をはじめた店の者の首を絞めて気絶させた幸村が、刀を腰に落として出てきた。

「ここは一旦逃げるぞ」

「はい」

辰吉はおこんの肩を抱えて、幸村に続いた。

幸村が表に向かっていると、酒肴を運んできた仲居と鉢合《はちあ》わせになり、仲居が膳《ぜん》を落として悲鳴をあげた。

幸村はおこんの手を引き、表に急ぐ。

だが、障子を開けて出てきた店の者たちが、

「お、何しやがる」

女を足ぬけさせると思ったらしく、声をあげて前を塞いだ。

幸村は抜刀し、店の者に切っ先を向けて進む。

「どけ、どかねば斬る」

「野郎！」

店の者が匕首《あいくち》を抜いたが、大刀を持つ幸村に跳びかかる勇気はなく、じりじりと下がった。

外に出た幸村は、遠巻きに付いてくる店の者が人を集めろと叫んだのを機に、おこんの手を引いて走った。

「逃がすな！」

「先生方を早く呼んでこい！」

荒くれた声を聞きながら逃げた幸村たちは、八坂神社前にある番屋を目指した。

だが、おこんの足が遅く、すぐに追いつかれてしまった。

幸村はおこんの手を離し、辰吉に命じる。

「おこんを連れて逃げろ」

「しかし幸村さま」

「行け！」

刀を構えて叫んだ幸村が、店の者たちの前に立ち塞がる。

「むぉぉ！」

刀を振り上げて気合を発すると、店の者が恐れて下がった。

少しでも辰吉たちから遠ざけるために、店の者たちを威嚇《いかく》して下がらせる幸村。

その幸村の背後から、店の者が匕首を突き刺そうとしたが、気付いた幸村が峰打ちにして倒した。

辰吉は、そのあいだにおこんの手を引いて逃げた。

幸村は、辰吉親子を追おうとした者を蹴り飛ばして、追ってきた浪人者と対峙《たいじ》した。

店の者が呼んだ用心棒は三人。

幸村は愛刀を右手に下げ、鋭い目を向ける。

「どかねば斬る！」

叫んで斬りかかった用心棒の一撃をかわし、肩の骨を峰打ちに砕《くだ》いた。二人目に挑みかかったのだが、相手は手練《てだ》れだった。

幸村の一刀を軽々と弾き返し、

「むん！」

返す刀で幹竹割《からたけわり》に斬り下ろした。

幸村が軽々と片手で弾き返すと、

「うっ」

凄《すさ》まじい剣に怯《ひる》んだ用心棒が、じりじりと下がる。

「まだやるか」

幸村が言うと、

「退《ひ》け」

用心棒が言い、踵を返して去った。

幸村が追っ手を防いでいるあいだに逃げていた辰吉は、おこんの手を引いて走り、細い路地に入ると、店の裏に置いてあった空の桶《おけ》のあいだに潜んだ。

おこんが声を出さぬよう手で口を塞ぎ、抱きしめて隠れていた。

しばらくこのままで様子を窺《うかが》っていた辰吉は、どこに逃げようか考えていた。

家には戻れない。

親戚を頼ろうにも、都にはいない。

近くの自身番に駆け込むことを思いつき、桶のあいだから出た。斬り合いがあった場所には人が出てきていて、騒ぎとなっていた。町役人や御用聞きの姿があったが、用心棒たちを追い払う幸村の姿を見つけることはできなかった。

町役人に助けを求めようとしたのだが、辺りに目を光らせる店の者たちがいるのを恐れた辰吉は、自身番を諦めた。

「やはり、国豊寺に匿ってもらおう」

おこんに言い、肩を抱いて歩みを進めた。

「おい、辰吉」

暗がりから声がしたのでぎょっとして見ると、東町奉行所与力の高木だった。

「だ、旦那さま。よかった、お助けください」

「いかがしたのだ」

「木暮の者は嘘を言っていました。見てのとおり、奴らは娘を騙して、女郎にしようとしていたのです。たった今そこで斬り合いをしていたのは、女郎屋の用心棒です」

「誰と斬り合いをしていたのだ」

「幸村さまです。わたしたち親子を助けようとしてくださいました」

「そうか、して、あの者は何を知って、お前たちを助けようとした」

「おこんを助けてくださったのです。木暮と女郎屋はぐるです。あの者たちをこらしめてください」

「そうか、よし分かった。だが女郎屋の者がまだうろうろしている。危ないゆえ、おまえたち親子が安心できるところへわしが送ってやろう。付いて参れ」

「ありがとうございます」

辰吉はおこんを連れて行こうとしたのだが、おこんが手を振り払い、高木に歩み寄る。

焦点の合わぬ目を向けて、にたり、と笑うおこん。

何かを求めるように身体にさわるおこんを、高木が抱きすくめた。

「よしよし、また可愛がってやろうぞ」

高木の言葉に、辰吉は驚いた。

「旦那さま、何をおっしゃっておられるのです」

すると高木が、鋭い目を向けた。

「辰吉、悪いが、おまえには死んでもらうぞ」

高木はそう言っておこんを突き放し、抜刀した。

刀を振り上げた高木に、辰吉は無我夢中で飛びついた。

だが、高木は身を退いてかわし、辰吉に刀を打ち下ろした。

懐に飛び込んだ辰吉が腰にしがみつき、

「人殺し、人殺しだ！」

叫びながら、高木を押した。

刀の柄《つか》で背中を打たれて、辰吉は地面に転がった。

仰向《あおむ》けになった辰吉の腹に、高木の刀が突き下ろされた。

「ぐあぁぁ！」

左の腹を刺された痛みに顔をゆがめた辰吉が、悲鳴をあげる。

「おい、どうした！」

路地から人の声がした。

辰吉にとどめを刺そうとしていた高木が舌打ちをして刀を抜き、おこんを連れてその場を離れた。

せっかく助けたおこんを奪われてたまるかと気合を入れた辰吉は、立ち上がって、左足を引きずるようにして夜道を歩んだ。

だが、傷ついた身体で追いつくことはできない。

高木は、町の者に十手を見せ、お役目の邪魔をするなと怒鳴り、通りに出て行く。

「だ、誰か、止めてくれ」

辰吉は声を振り絞ったが、町の者は辰吉を罪人と見ているらしく、関わりになるのを嫌って家の中に入って行く。

「誰か、誰か、娘を助けて、助けてくれぇ」

何度頼んでも手を差し伸べてくれる者はおらず、辰吉は腹を押さえ、苦しげな声をあげて歩みを進めた。

だが、高木に言い含められた男たちがこちらに目を向け、懐に手を入れて来はじめた。

「殺されてたまるか」

辰吉はそう言って歯を食いしばり、追っ手から逃げた。

七

伝兵衛は、寝床の中でおすぎの寝息を聞きながら、じっと天井を見ていた。自分が何者なのかまったく思い出せぬことに、時々眠れなくなるのだ。

記憶を取り戻した時、おすぎと暮らせる男なのだろうかと不安になり、顔を向ける。

夜の闇が白みはじめた中で眠るおすぎの顔に目を向けると、その気配に気付いたのか、彼女が目覚《めざ》めた。

何度か瞬きして微笑《ほほえ》むおすぎに、伝兵衛も微笑み返す。

おすぎが手を握ってきたので、伝兵衛も握り返して座った。

外で一番鶏が鳴いた。

「鶏が出せと言うておるの」

おすぎの手をぽんぽんと叩いた伝兵衛は床から出て、身支度をして外に出た。

離れの裏の鶏小屋から鶏を出してやると、畑や庭に散らばり、さっそく虫をついばみ、走り回っている。

伝兵衛は日課の掃《は》き掃除をするべくほうきを握り、山門へ向かった。

くぐり戸の閂《かんぬき》を外して戸を開けて出ると、山門の前を掃き清めにかかる。

まだ朝が早いので通りに人は出ておらず、伝兵衛が掃き清める音だけが妙に響いた。

伝兵衛は表を済ませると、裏門に回る。

朝が早い豆腐屋の前に天秤棒を担いだ者たちが集まり、商売に出る支度をしている。

顔なじみの若い男たちに、

「儲かるといいな」

などと言い、裏門へ行く。

寺の裏門は、東十条《ひがしじゅうじょう》某という公家の下屋敷の土塀が続く場所にあり、普段は誰もいない屋敷のため、ひっそりとしている。日当たりの悪い道は苔《こけ》むしていて、犬か猫しか通らないので、犬猫道という者がいる。

道端には毎日のように犬の糞が転がっているので、伝兵衛はそれを掃き取り、土塀の下を流れる溝に落としながら進んだ。

寺の裏門は道から少し奥へ入った形に作られている。

伝兵衛は、道を掃き清めながら進み、門扉の前でうずくまる男に気付いて目を見開いた。

「おい、いかがした」

声をかけてもぴくりとも動かない。

伝兵衛はほうきを置いて男の首に手を当ててみる。

脈はある。

「しっかりせい」

声をかけて肩を揺すると、男が呻《うめ》き声を出し、横たわった。

着物が血に染まっている。

「これはいかん」

伝兵衛が仰向けに寝かせてやると、男が手を摑み、

「む、娘を、お助けください」

息も絶え絶《だ》えに訴える。

「もしや、昨日幸村殿が助けた人かい」

「はい」

「辰吉さんだな」

伝兵衛が訊くと、辰吉が頷く。

「逃げ切れなかったのか。娘はどうした」

辰吉は、伝兵衛に何か言おうとしたが、気を失ってしまった。

伝兵衛は助けを呼ぶべく裏門を開けようとしたが、中から門がかけられている。門扉には、男が助けを求めて何度も叩いたのだろう。血の跡が付いていた。

道から土塀を見上げた伝兵衛は、身軽に跳び上がって塀を越えると、幸村たちを呼びに走った。

戸板を持ち、幸村と忠左と卯之助を伴って戻ると、

「辰吉！」

忠左が叫んだ。

幸村は、しまった、という顔をしている。

「とにかく、中へ」

伝兵衛が言い、戸板に辰吉を移すと、寺の中に運び入れた。

卯之助が呼んで来た医者が手当てをした甲斐があり、辰吉は夕方に目を開けた。

顔色や脈を診《み》た医者が、

「腹の血は止まったが、油断はできぬ。熱が上がらぬよう気を付けるように」

と、弟子に告げている。

幸村が辰吉に顔を近づけて訊く。

「用心棒どもはわたしが追い払ったというのに、何ゆえこうなった。誰に斬られたのだ」

「東町奉行所の、高木という与力です」

「なに！」

絶句する幸村に、辰吉が言う。

「た、高木は、奴らとぐるです。む、娘を、おこんを、助けて――」

息も絶え絶えの辰吉は、医者が止めるのも聞かずにしゃべり、息絶えてしまった。

「おのれ、惨《むご》いことを」

怒りに身を震わせた幸村が、刀を握って廊下に出る。

「何処へ行く」

幸秀和尚に呼び止められ、幸村が険しい顔を向ける。

「辰吉の無念を晴らし、娘を助けます」

「行ってはならん」

「何故です！」

「相手は奉行所の与力だ。その者を相手に町中で刀を振るえば、ただでは済まぬ」

「しかし、奴は悪党です。辰吉は、わたしのせいで命を落としたも同然。無念を晴らさせてください」

「ならぬ」

「父上！」

「町中で刀を抜いてはならぬと言うていたはず。お前はそれを破ったのだ」

「人を助けて何がいけないのです」

「何度言わせる。我らは、金で解決することでしか人助けができぬ」

「くっ」

「辰吉親子を助けてやれなかったおまえの悔しい気持ちは分かる。わしも辛い。だが、我らが徳川の者に目を付けられてしまうようなことをするのは許さぬ」

幸村は悔しそうに柱を叩いた。

伝兵衛が立ち上がり、廊下に出る。

「では、わしが行ってこようかの」

肩を回して腰をそらし、首をこきりと鳴らした伝兵衛は、とぼけた顔で笑みを浮かべて離れに戻った。

「待て、わたしも行く」

幸村が言ったが、幸秀が引きとめた。

「おまえは伝兵衛殿をお守りするだけだ。与力には手を出してはならぬ」

「しかし――」

「よいな」

幸秀に念を押されて、幸村はしぶしぶ頷いた。

離れに戻った伝兵衛が、薪《まき》にしか見えぬ小太刀の隠し刀を腰に差していると、おすぎが裏口から菜の物を入れた籠《かご》を抱えて戻ってきた。

伝兵衛の姿を見て、驚いた顔をする。

「いかがされたのです」

「うん、ちょいと人助けに行ってくる」

「小太刀が必要なことなのですか」

「まあ、これはお守りのような物じゃ。すぐ戻るが、待たずに朝餉《あさげ》を食べていなさい」

伝兵衛はそう言うと、幸村と忠左と三人で出かけた。

八

「高木様、大丈夫でしょうか」

「案ずるな、丹後屋。あの傷では生きておらぬ。それより、人を斬ったせいで気が高ぶっておる。おこんを抱かせろ」

「ええ？」

「親の敵《かたき》に抱かれる女の顔を見てみたい」

丹後屋は、酒を呑む高木を盗み見るようにして気分が悪そうな顔をしたが、鋭い目を向けられると頭を下げた。

「分かりました。では香を嗅《か》がせますので、少々お待ちを」

「うむ」

丹後屋が立ち上がり、おこんを閉じ込めている部屋に行くために廊下に出た。

外で控えていた手下に、おこんに香を嗅がすよう命じて、共に立ち去る。

廊下を奥に進み、おこんを閉じ込めている部屋の障子を開けた手下の男が、

「あっ」

と声をあげた。

「どうした」

丹後屋が訊くのと、手下が刀の鞘《さや》で腹を打たれるのが同時だった。

呻き声もあげずに倒れた手下を見て、丹後屋がぎょっとする。

出てきた幸村に睨まれた丹後屋は、後ずさり、踵を返して逃げた。

「高木様！　曲者《くせもの》ですぞ！」

「幸村殿、逃がしては駄目でしょう」

おこんの手を引いて出てきた伝兵衛が、飄々《ひょうひょう》と言う。

幸村は薄笑いを浮かべた。

「これで、悪党どもが一人残らず出てくる」

「やれやれ、騒ぎになるぞ」

「ふん、父上はああ言うが、わたしは奴らを許さぬ」

「その前に、おこんさんを逃がさねば」

伝兵衛は言い、おこんの手を引いて裏口に回る。

入る時に打ちのめした店の者たちは、未《いま》だに意識を失って倒れたままだ。

伝兵衛がその者たちを横目に裏口へ行くと、外で待たせていた忠左が歩み寄った。

忠左には、ここに囚《とら》われていた他の女たちとおこんを自身番に連れて行き、助けてもらうように言いつけてある。

「忠左、頼むぞ」

「承知」

幸村が引き渡そうとすると、おこんが腕にしがみついた。

「一人にしないで」

幸村を見るおこんの目には、恥じらいがある。

「おこん、わたしが分かるのか」

幸村が訊くと、おこんは頷いた。

「大丈夫だ。忠左が助けてくれるから、安心して付いて行きなさい」

そう宥《なだ》めて手を離した幸村は、裏の戸を閉めた。

怪しげな香を吸わせて正気を失わせ、死ぬまで働かせる外道《げどう》どもを許せぬ伝兵衛と幸村は、騒がしくなった裏庭に鋭い目を向ける。

丹後屋が幸村を指差した。

「高木様、奴らです」

高木が十手を抜いて、伝兵衛と幸村に向ける。

「貴様ら、勝手に入って何をしておる。東町奉行所与力だ。神妙にいたせ」

「黙れ、悪党め」

幸村が言い、抜刀しようとしたが、伝兵衛が止めて前に出る。

「辰吉からすべて聞いたぞ。神妙にするのは、おまえさんたちの方じゃろう」

「黙れじじい。わしは町奉行所の与力だ。辰吉が何を言うたか知らぬが、どうにでもできるのだ」

「ほほう、大口をたたくが、何ができるというのだ」

伝兵衛が言うと、高木が薄笑いを浮かべた。

「冥土《めいど》の土産に教えてやろう。おまえたち二人をここの者として、女たちを騙して客を取らせていた罪で成敗した。というのはどうじゃ」

「それはいいですな」

高木の横にいる丹後屋が言い、悪党面《づら》で笑う。

「では高木様、先生方、じじいと若造を成敗していただきましょう。金をたんまりお支払いしますぞ」

丹後屋の言葉に応じた浪人者たちが、一斉に抜刀した。

「逃がした女たちによって、おまえたちの悪事が明らかになる。悪あがきはせぬことじゃ」

「女郎の言うことなど、誰も信用せぬわ」

高木が言い、ほくそ笑む。

伝兵衛は一つため息を吐いた。

「ならば仕方ない。わしが、二度と悪事を働けぬようにしてやろう」

「こしゃくなじじいめ、斬りすてい！」

高木が言うや、浪人どもが伝兵衛に斬りかかった。

刀をかわした伝兵衛は、浪人の懐に飛び込むと拳を腹の急所に突き入れ、二人目の浪人の刀を小太刀で受け流し、首の後ろに蹴りを入れた。

瞬きをする間に二人の浪人を倒した伝兵衛の凄まじさに、高木が絶句する。

「おのれ！」

三人目の浪人が刀を振るったが、伝兵衛は紙一重でかわして手首を浅く切り、前に出た。

高木が十手を投げ付ける。

伝兵衛はそれを小太刀で弾いた。

それを隙と見た高木が、抜刀術をもって襲いくる。

「つあ！」

横に一閃された刃が空を斬り、返す刀が伝兵衛に迫る。

だが、左手の小太刀で受け止めた伝兵衛は、同時に、右手の小太刀を高木の腹に突き入れた。

「う、うう」

目を見開き、呻き声をあげる高木。

その後ろにいた丹後屋が逃げようとしたので、幸村が追い、取り押さえた。

「斬ったのか、伝兵衛」

幸村に言われて、伝兵衛がにたりとする。

腹に突き入れたのは小太刀の刃ではなく、逆手に握った小太刀の柄だった。

急所を強打された高木は倒れ、泡を吹いて白目をむき、気を失っている。

伝兵衛と幸村は、悪事を働いていた者たちを女たちが入れられていた座敷牢に押し込むと、錠前をかけて閉じ込めた。

伝兵衛は準備されていた香を見つけると、嗅いでみせ、顔をしかめた。

「これは……午膝《ごしつ》や車前草《しゃぜんそう》を混ぜたものじゃの。よくもこう危ないものを……そうじゃ」

と何かを思いついたように悪党どもが目を覚ますのを待つあいだに、女たちに吸わせていた香を集めてくると、座敷牢の前に並べた。

ほどなく気が付いた高木が、並べられた香炉を見て目を見開く。

「な、何をする気だ」

「おまえたちが女にしたことをするまでじゃ」

「よせ、やめろ」

「どのようなことになるか、身をもって知るがいい」

「待て、待ってくれ。わしが悪かった。もう二度と悪いことはせぬ。だから、火を着けるな」

「わしはじじいじゃから、耳が遠くていかん」

伝兵衛はそう言うと、幸村と顔を合わせて笑みを浮かべ、香に火を着けた。

煙が出はじめると、高木や浪人どもが騒ぎ、丹後屋を叩き起こした。

丹後屋は煙を吸い込んでいたのか、すでに様子がおかしい。

口からよだれをたらし、奇声をあげて若い手下に抱きついている。

悲鳴をあげた高木が、

「出してくれ！」

と、泣き声で助けを求めたが、そのままにして部屋を出た伝兵衛は、猛毒に用心、
と書いた紙を障子に貼って、裏から外に出た。

忠左に案内されて通りを駆けてくる町方の役人たちがいる。

「関わると面倒なことになる。一杯呑んで行こうかの」

伝兵衛は幸村を誘い、反対の方角へ足を向けた。

「おこんや、女たちはどうなるのだ」

肩を並べた幸村が訊くので、

「おこんさんは気の毒なことだが、他の者たちは、親元に帰ることができよう。香の

毒を治す薬も、わしが作ろう」

伝兵衛は言い、足を止めた。

「おこんさんに身寄りがなければ、お前さんが引き取って、寺で面倒を見てやるか」

「わたしは構わぬが、父上がなんと言われるか」

「好いているなら、説得することじゃ」

「好いてなど……」

「そうかの。顔に書いてあるようじゃが」

幸村は目を見張り、顔を触った。

伝兵衛は指差して笑い、歩みを進めた。

「おい、待て、伝兵衛」

「早《はよ》う行って、酒を呑もうぞ」

からかいからかわれながら四条の橋を渡りはじめた伝兵衛と幸村の背後を、若い娘たちが談笑をしながら付いて行く。

橋の中ごろまで進んだ、その時、横に並んで歩む娘たちの顔のあいだを黒い影が走り、唸《うな》りを上げて伝兵衛の背中に突き刺さった。

放たれた矢が、伝兵衛の背中を貫いたのだ。

「うぐ」

苦痛に顔をゆがめた伝兵衛が、幸村を突き放す。

談笑していた若い女が、鋭い目をして懐剣を抜く。

苦しむ伝兵衛に襲いかかろうとしたが、幸村が太刀を抜いて斬り伏せた。

再び矢が放たれたが、幸村が斬り飛ばし、矢を番《つが》えようとする刺客《しかく》から伝兵衛を守るべくあいだに立った。

その後ろで、伝兵衛は立ち上がったのだが、よろけて橋から落ちた。

それを見た刺客が、川に落ちた伝兵衛めがけて矢を放つ。

「伝兵衛！」

叫んだ幸村が刺客を斬ろうとしたが、刺客は弓を捨てて走り去った。

幸村は橋から下を見たが、緩やかに流れる鴨川に、伝兵衛の姿はなかった。

第二話　龍眼の秘密

一

――影周《かげちか》、上様の命を守りたくば、病を治さぬことじゃ。病が治れば、大御所様は、必ず上様の命を奪われる。

隠れ御庭番の頭、遠藤兼一《えんどうかねいち》が言っている。

江戸城西ノ丸の櫓《やぐら》で刃を交えた遠藤が、伝兵衛に背を向けて去った。

櫓が爆発し、炎に包まれる遠藤に、伝兵衛は手を差し伸べた。

「遠藤！」

かつての友の名を叫び、伝兵衛は目を開けた。

明確に記憶が戻っていた伝兵衛は、江戸城に戻らねばと思い、起き上がろうとしたのだが、背中の痛みに呻き声をあげる。

「お前さま」

声に顔を上げると、桶を持ったおすぎが廊下で驚いた顔をしていたが、すぐに嬉しそうな笑みを浮かべて桶を置き、伝兵衛の手を握った。

「よかった。お目覚めになられて」

目に涙を溜めて言うおすぎに、伝兵衛が訊く。

「わしは、どうなったのだ」

「背中を矢で射抜かれて鴨川に落ちたのを、幸村が助けたのです」

「そうであったか」

伝兵衛は、動かなければ背中の痛みがさほどでもないことに気付いた。

「わしは、何日眠っていたのだ」

「四日です」

「そんなに」

「ここに戻られた時は、助からないと言われたのですよ」

「うむ」

伝兵衛は、一つため息を吐き、床から出ようとしたのだが、おすぎに止められた。

「いけませぬ。傷が開きます」

伝兵衛はおすぎの手を握り、苦笑いを向ける。

「小便が漏れる」

おすぎがぱっと明るい顔をして、竹の尿筒《しとづつ》を持って見せた。

寝付いたことのない伝兵衛は拒んだのだが、

「恥ずかしがっている場合ですか」

と、おすぎが有無を言わさず伝兵衛の股に手を伸ばし、尿筒に招き入れた。

「お、おお、うう」

伝兵衛がためらいがちに用を足していると、廊下に幸村が現れた。

廊下に背中を向けて、お、おお、うう、と言っている伝兵衛を見て、

「伝兵衛、気が付いたか」

喜びの声をあげて肩を揺すったものだから、おすぎが悲鳴をあげた。

「これ幸村、何をするのです」

おすぎがぐっと伝兵衛の息子を握って、尿筒から漏れそうになるのを食い止めたお蔭《かげ》で助かった。

そのあいだに用を足した伝兵衛は、ほっと息を吐く。

「喉は渇いていませんか」

おすぎに訊かれて、

「うむ。不思議と渇いておらぬ」

伝兵衛が答えると、幸村が言う。

「叔母上が口移しで水を呑ませて、夜も寝ずに看病をしてくれたのだぞ」

「そうであったか。お蔭で、三途《さんず》の川から戻ることができた」

伝兵衛が笑みを浮かべると、おすぎも笑みで答えた。

「叔母上、粥《かゆ》を作ってやりませぬか」

「はいはい。お前さま、少し待っていてくださいね」

「済まぬな」

おすぎが台所に行くと、伝兵衛はそろりと仰向けになり、幸村を見る。

幸村の顔から、笑みが消えた。

「どうした、怖い顔をして」

伝兵衛が訊くと、幸村が顔を覗き込んで言う。

「顔つきが以前の伝兵衛ではない。もしや、おぬし……」

問う幸村に、伝兵衛は頷いた。

「襲われて川に落ちたお蔭で、すべて思い出した」

「そうか。では、龍眼の在処《ありか》も思い出したか」

訊かれて、伝兵衛が鋭い目を向ける。

「おぬし、何ゆえ龍眼を知っておる」

幸村は、目をそらして言う。

「忘れたのか、高山の家で宝山が言ったではないか」

「おお、そうじゃった。盗み聞きをしておったのう」

「聞こえたのだ。それよりどうなのだ。思い出したのか」

伝兵衛は、黙って頷いた。

「何処にある」

「それは言えぬ」

「取りに行くのか」

幸村に訊かれて、伝兵衛は廊下に目を向けた。台所に行ったはずのおすぎの着物の袖が、柱の角に見えている。

「わしを弓で射たのは大岡出雲守の刺客。わしがここにいては、お前たちを危ない目に遭わせることになるゆえ、明日にも出て行く」

そう言うと、おすぎが悲しげな顔で入ってきた。

「いけません。その身体で襲われれば、今度こそ殺されてしまいます」

「おすぎ、お前とこうして暮らしていたいが、元御庭番のわしには許されぬことじゃ。案ずるな。顔を隠し、刺客に気付かれぬよう都から出る」

「どうしても、行かねばならぬのですか」

「将軍家のお宝の始末をつけに、わしは行かねばならぬのじゃ」

「そのお宝のことで、伝兵衛殿にお願いがござる」

幸村が居住まいを正して言うので、伝兵衛は不思議に思った。

「誰かの病を治して欲しいのか」

「いえ……」

実は、と言おうとした幸村の口を、廊下に現れた幸秀が止めた。

「そこから先は、拙僧が話そう」

そう言って臥所《ふしど》に入ってきた幸秀が、伝兵衛の枕元に座る。

これは何かある、と察した伝兵衛は、おすぎに訊く顔をして見せたが、おすぎは見当がつかないらしい。

「お粥の支度をして参ります」

去ろうとするおすぎを、幸秀が止めた。

「お前にも関わりがあることだ。共に聞きなさい」

おすぎが伝兵衛のそばに座ると、幸秀が伝兵衛に頭を下げた。

伝兵衛は目を丸くして幸村を見た。

すると、幸村も頭を下げるではないか。

「和尚、いかがしたのです」

「伝兵衛殿」

「はい」

「わたしに龍眼をお返しいただきたい」

「返す？」

伝兵衛が戸惑いながら訊くと、幸秀が頭を上げた。

「貴殿の人柄を見込んで、すべてお話しいたす。貴殿が隠している龍眼は、徳川家康《とくがわいえやす》が豊臣《とよとみ》家から奪った至宝にござる。豊臣の血を引き継ぐ我らに、お返しいただきたい」

「なんと」

伝兵衛は目を丸くした。

「豊臣の血は、大坂の陣で絶えたはず」

「絶えておりませぬ。拙僧は、秀吉《ひでよし》公の甥、関白秀次《ひでつぐ》の子孫。これが、その証《あかし》にござる」

幸秀は、法衣の懐から一振りの守り刀を出し、抜刀して見せた。金のはばきに、豊臣家の家紋が刻んである。

「信じられぬ。本物か」

「はい」

幸秀は刀を納め、伝兵衛に仔細《しさい》を話した。

徳川家康が天下統一を揺るぎなきものにするために大坂城を攻める機運が高まった時、豊臣家当主の秀頼《ひでより》は真田幸村を呼び、豊臣秀次の血を引く鶴姫《つるひめ》の存在を明かした。

関白となっていた秀次は、秀吉に世継ぎが生まれたことで疎《うと》まれるようになり、家臣団の陰謀とも思える謀反《むほん》の疑いをかけられて秀吉に滅ぼされたのであるが、秀次が城の外の女に産ませていた鶴姫までは手が伸びず、生かされていたのだ。

鶴姫の存在が秀頼の知るところとなったのは、家康との決戦が間近に迫っていた時であったので、秀頼は幸村に、鶴姫と莫大《ばくだい》な隠し財宝を託《たく》し、豊臣家の再興を願ったのだ。

幸村は、秀頼の申し出を断り、弱気を諫《いさ》めた。

だが、諸大名が味方する徳川軍と、浪人の集まりである豊臣軍の優劣は決定的となり、程なく大坂城は最後の時を迎えることとなった。

城が徳川の軍勢に包囲される中、秀頼は再び幸村を呼び、秀吉至宝の龍眼を差し出した。

幸村は、必ず生き延びてくれと秀頼に言い、龍眼を受け取らずに出陣。その勇猛ぶりは万人の敵を怯《ひる》ませ、打ち破り、家康にあと一歩のところまで攻め上ったのだが、討死してしまう。

秀吉至宝の龍眼を秘薬の元だと認識していた家康は、手に入れるよう服部半蔵《はっとりはんぞう》に命じていた。

龍眼は、燃え盛る大坂城に潜入した半蔵によって奪われ、家康の手に渡ったのだ。

鶴姫は、大坂城が徳川の軍勢に包囲される前、幸村の計《はか》らいで丹波《たんば》の大名、築田《つくだ》家に輿《こし》入れしていた。

築田家は豊臣恩顧《おんこ》の大名だったため、当主頼周《よりちか》は鶴姫の秘密を側近にも告げず、真田家の縁者として迎え入れた。

秀頼から託された豊臣の隠し財宝のことは、頼周と鶴姫の秘密にしていた。秀頼の言いつけどおり、大坂が攻められても築田家は動かず、徳川の世になっても、いずれ財宝を使って必ずお家再興を狙う、と夫婦で決めていた。だが、鷹狩に出た頼周が落馬し、首の骨を折って急死してしまう。

築田家は、何も知らされていない弟の頼政《よりまさ》が跡を継いだため、鶴姫は自分のことも、財宝のことも隠し、菩提寺《ぼだいじ》である国豊寺に身を退いていた。

出家して間もなく、鶴姫は頼周の子を身籠《みごも》っていることに気付いた。

だがその時にはもう、大坂城は徳川の軍勢に包囲され、築田家の者たちは大坂城へ入り、秀頼と運命を共にしようとしていた。

世に言う大坂夏の陣の敗北により豊臣家は滅び、築田家も断絶となる。

真田幸村という頼りになる人物も喪《うしな》い、一人になってしまった鶴姫は、その年の師走《しわす》に男児を産んだ。

築田家の菩提寺であった国豊寺には、徳川方の調べがある。

見つかればどうなるのか。

幼子をかかえて、鶴姫は怯える日々を過ごしていた。

そんな時、幸村の命を受けていた男が現れ、生まれた子を自分の子として、徳川方の調べをかわしたのだ。

幸村の家臣だったその男というのは、寺小姓の忠左の先祖である。

「それで合点《がてん》がいった」

伝兵衛は、幸村を見た。

「お前さんが幸村と名乗るのは、先祖を救ってくれたからか」

いのだ」

「それもあるが、武勇に憧れているからだ。わたしは、あのお方のように強くなりた

伝兵衛が頷く。

「それにしても、龍眼にそのような秘密があったとは、驚きじゃ。隠し財宝があると知りながら、鶴姫もそのお子も、よう辛抱《しんぼう》されて、ことを起こさなかったものじゃ」

幸秀が答えた。

「財宝を世に出す鍵となる龍眼が徳川の手にあるため、鶴姫は諦められたのだ。姫は隆清院《りゅうせいいん》として生き、豊臣の血を引き継いだお子は、この寺の後継ぎになられた。我らはその子孫だが、長い年月と共に財宝のことは話題にもならぬようになっていた。江戸城西ノ丸の騒動が龍眼を争ってのことという噂を聞いた時は、驚いた。まさか、龍眼がまだこの世にあろうとは、思っていなかったゆえに」

「将軍家は、龍眼を秘薬の元と思われている」

「確かに、龍眼にはそのような力がございましょう。秀吉公は、お子を授かる秘薬として手に入れられたとも言われていますから」

「なるほど」

龍眼を秘薬の元と聞き、将軍家重の病を治すために江戸城に忍びこむまでして、そ

れを元に秘薬を完成させていた伝兵衛には、納得のいく話だ。

「我が妹と幸村、いや、繁秀が伝兵衛殿と出会うことができたのは、御仏のお導き。どうか、龍眼をお返しください」

伝兵衛は、幸秀に鋭い目を向けて言う。

「何ゆえ龍眼の秘密を白状された。わしは将軍家を守る御庭番だぞ」

「伝兵衛殿ならば、きっとお返しいただけると思うたからだ」

「豊臣の財宝を手にして、お家再興に向けて動くのか」

「さにあらず。この寺を頼ってくる民のために、豊臣の財宝を使いたい」

「それでは、秀頼公の願いに背《そむ》くことになるが」

「もはや、豊臣家が滅びて百数十年。我らが名乗りを上げたところで、従う者などおりませぬ」

「だが、将軍家の座を奪おうとする者はおる。その者たちが貴殿らと豊臣の隠し財宝のことを知れば、利用しようとするはずじゃ」

「そうならぬよう、お宝は民のために使い果たすつもりにござる」

「あくまで民のために使うと言われるか」

「国豊寺は、代々人助けをしてきた寺。他に使い道はござらぬ」

伝兵衛は、どっしりと構えている幸秀の男ぶりと、志《こころざし》に感銘した。目を瞑り、家重の顔、姿を思い出す。そこに、遠藤の言葉が重なった。不意に目を開き、伝兵衛が頷いた。

「承知した。貴殿に、龍眼を託す」

「ご決断に、感謝いたします」

合掌《がっしょう》する幸秀に、伝兵衛は言う。

「明日には発《た》ちます。今日ひと晩だけ、養生《ようじょう》をさせていただきたい」

おすぎが口を挟んだ。

「そのお身体で旅をされるのは無理です」

「なに、これしきのことでくたばりはせぬ」

伝兵衛が笑みで言うと、幸村が膝を進めた。

「叔母上、ご安心を、わたしが伝兵衛を守りまする」

おすぎはそれでも案じた。

伝兵衛が幸村に言う。

「貴殿は、おこん殿の面倒をみるという役目があろう」

「それはよい。おこんは、縁者が引き取った」

幸村の気持ちを知っていた伝兵衛が、顔をしかめた。

「どうして連れて来なかったのだ」

すると、幸村が不機嫌な顔を向けた。

「おこんには、よい縁談があるのだ。わたしの出る幕ではない」

幸村は言い、この話は終わりだと言わんばかりに立ち上がり、

「伝兵衛、勝手に旅立ったら許さぬからな」

そう言うと、庭に下りて宿坊に帰った。

伝兵衛は、幸秀に言う。

「わしは命を狙われておる。道中は厳しいものになるが、倅殿《せがれ》を危ない目に遭わせてもよろしいのか」

すると幸秀が、笑みを浮かべた。

「あれはああ見えて、貴殿の男ぶりに惚《ほ》れております。拙僧が止めたところで、聞きますまい。どうぞ、存分に使ってやってください」

「倅殿を生きてお返しする約束はできませぬぞ」

「覚悟はできております」

幸秀が頭を下げるので、伝兵衛は両手をついた。

「では、お言葉に甘えてお借りいたす」

二

「彦一《ひこいち》、伝兵衛の骸はまだ見つからないのかい」

煙草《たばこ》を吹かしながら不機嫌に言うのは、大岡出雲守の影、蓮《れん》である。

黒無地の紗織《しゃおり》に笹の葉の短冊模様が粋《いき》な着物を着こなし、女盛りの色香を放つ蓮は、彦一がごくりと生唾《なまつば》を飲むほどなのだが、目が合ってしまえば、蛇《へび》に睨まれた蛙《かえる》のように身体が動かなくなり、首をすくめている。

伝兵衛を矢で射たまではよかったが、蓮の配下を二人も失い、川に落ちた伝兵衛の行方が摑めていない。

あの傷では生きていない、という言い訳が通じる蓮ではなく、都の拠点に戻った彦一は、伝兵衛を仕留めたと報告したのだが、首を持ってこいと言われて言葉を失った。

黙り込む彦一に、蓮が舌打ちをする。

「首がない限り、伝兵衛は生きていると思え。何をしているんだい。ぼさっとしてないで、都中を捜せ」

「今、手の者を走り回らせて捜しています」

「お前も行けと言っているんだよ」

蓮の剣幕に怯えた彦一が、夜が明けたばかりの都の町へ駆け出した。

彦一は高山から伝兵衛を尾行していたのだが、途中で見失っていた。

その報《しら》せを受けた蓮はすぐに都入りして探索の指揮を執《と》り、見つけ次第《しだい》殺せと命じていた。そして、祇園の町中で手下の者が見つけてしばし監視し、怪しげな女郎屋から出てきたところを襲ったのだ。

彦一が高山からの道中で見失っていなければ、伝兵衛に与《くみ》する若者の素性《すじょう》も調べることができたはず。

「どいつもこいつも使えないよ」

苛立《いらだ》った蓮は、手鏡を持って覗き込み、目の下に浮かぶくまを指でなぞり、

「こんな顔にして、忌々《いまいま》しいくそじじいめ」

と、伝兵衛のことを思い浮かべて毒づき、手鏡を壁に投げつけた。

蓮が手鏡を投げつけた頃、既に国豊寺を出発していた伝兵衛と幸村は、都から遠く離れた場所にいた。

刺客《しかく》の目を避けるために街道を通らぬのが常だが、敵とて馬鹿ではない。街道ではない場所に監視を置いているはずだ。

まさか蓮たちが今もなお都にいようとは思わぬ伝兵衛は、その裏をかき、商人に化《ば》けて、堂々と東海道をくだっていた。

といっても、歩くには背中の傷がまだ痛む。

足を引きずりながら歩んでいたのでは怪しまれるので、伝兵衛は駕籠《かご》を雇って大店《おおだな》のあるじの風体を気取り、幸村は若い手代風を決め込んでいる。

旅籠《はたご》に泊まれば、

「旦那さま、お気を付けくださいませ」

と、慣れぬ言葉を使い、伝兵衛に尽くす。

顔色の悪い伝兵衛を旅籠の者が気遣えば、

「年寄りの長旅は、こたえます」

と言って誤魔化し、傷を癒《いや》しながら、ゆっくりとした足取りで旅を続けた。

そして、国豊寺を出てひと月という日にちをかけて、伝兵衛は三島《みしま》宿に到着した。

東海道第十一宿の三島は、幕府の天領であり、代官所が設けられている。宿場には役人の姿があるので幸村は警戒したが、

「代官など恐れることはない。ここからが本番ゆえ、ゆるりと休め」

伝兵衛は言い、気を引き締めた。

三島を発てば、厄介《やっかい》な箱根山《はこねやま》が待っている。

龍眼を隠している箱根湯本《ゆもと》へは、関所破りをしようとした伝兵衛を見つけ、記憶を失った山に追い詰めた山賊どもの縄張りを通らなければ行けないのだ。

「傷は、もういいのか」

心配する幸村に、伝兵衛は笑みで頷き、身体を動かして見せた。

「このとおり痛みはない。おぬしが助けてくれたお蔭だ。その恩は、きっちり返す」

「ならば、生きて叔母上に顔を見せてやってくれ」

伝兵衛は答えずに、支度を整えた。

朝早いうちに旅籠を出て、霧の中を進む。

山深くなったところで街道から外れ、獣道に足を踏み入れた。

二人はそこで荷を捨て、幸村は刀を腰に差し、伝兵衛は小太刀を帯びた。

草を分け、笹を分けて道なき道を進み、箱根湯本を目指す。

山の木々が日の光を遮り、辺りが薄暗い。

水の音を立てて流れる沢を渡り、松が茂る斜面を登っていた時、

「きゃぁぁ」

木立の中から女の悲鳴がした。

「おい」

幸村が言い、伝兵衛を追いぬいて登って行く。

伝兵衛があとを追って登ると、二人の女が山賊に囲まれていた。

懐剣を抜いて構えている女は、二人とも美しい。

幸村はその美しさに目を奪われ、足を止めている。

女を囲む山賊は、伝兵衛に見覚えのある男たちだった。手強《てごわ》い相手だ。

伝兵衛は、気を付けろ、と言おうとしたが、先に幸村が声をあげた。

「止めぬか！」

大声をあげた幸村が山賊どもに迫るや、身軽に転じた山賊たちが身構える。手には既に、刀が握られている。

その動きの速さに、ただの山賊ではないと覚《さと》ったか、幸村は抜刀した。

「伝兵衛、こいつらか」

「うむ。わしも手こずった相手だ。油断するな」

伝兵衛が言うと、山賊の一人が気付いたようだ。

「じじい、貴様か」

そう言って、泥に汚れた顔に嬉々とした笑みを浮かべる。

「野郎ども、あの時逃がしたじじいだ。こやつを突き出せば、褒美《ほうび》をたんまりいただけるぜ」

頭目が言うと、手下たちの顔に、獲物《えもの》を狙う鋭さが増す。

伝兵衛は、薄笑いを浮かべた。

「じじい、何を笑う」

訊く頭目に、伝兵衛が答える。

「あの時わしは、傷が癒えておらなんだ。今日は、ちと違うぞ」

「ふん、面白い。やれ」

頭目が言うなり、山賊たちが襲いかかった。

伝兵衛が小太刀を振るい、斬りかかった山賊の額を峰打ちにする。横から斬り下ろす別の山賊の刃をかわすや、小太刀の柄で腹を打った。

「ぐわ」

目を見開いた山賊が倒れると、仲間たちは、前の時と明らかに違う伝兵衛の動きに驚き、一歩跳びすさった。

記憶を失っていた時の伝兵衛は身体が勝手に動いていたのだが、今は、元御庭番の二刀流が冴《さ》えわたっている。

「おのれ！」

叫んだ山賊の手下が、伝兵衛に斬りかかった。太刀を打ち下ろしたが、伝兵衛は完全に太刀筋を見切り、身軽にかわす。そして前に出るなり、相手の腹に小太刀の柄を突き入れていた。

それは一瞬のことであり、伝兵衛の俊敏な動きは、尋常《じんじょう》ではない。前に出た伝兵衛が、山賊どもに小太刀を向けて構えた背後で、手下が呻き声をあげて倒れた。

「こしゃくなじじいめ」

頭目が言い、仲間と目を合わせて伝兵衛たちを囲む。

「来るぞ、幸村殿。斬るなよ」

伝兵衛が言った時、敵が一斉に跳びかかってきた。

幸村は脇差を抜き、二刀流で敵の刃を受ける。

伝兵衛も二刀流で敵の刃を受け、女たちを守った。

力ずくで押し切ろうとする敵どもを押し返した伝兵衛と幸村は、一人、二人と峰打ちに倒した。

小太刀を巧《たく》みに操る伝兵衛の技は凄まじく、敵の刃をまったく寄せ付けない。

幸村も、都で大人しくしていた鬱憤《うっぷん》を晴らすような豪傑ぶりで、敵が斬り下ろした刀をへし折り、

「おう！」

盗賊の額すれすれで、刀の刃を止めた。

「ひっ」

悲鳴をあげた盗賊の手下が、腰を抜かす。

伝兵衛だけでも脅威《きょうい》であるのに、幸村までも強いとあっては、さすがの頭目も恐れたようだ。

顔を引きつらせ、

「退け、退け！」

大声をあげるなり、一目散に逃げた。

「こやつらを逃がせば追っ手が来る」

伝兵衛が幸村に言った。

幸村は頭目めがけて脇差を投げた。

頭目を守ろうとした手下が足を貫かれ、呻き声をあげて倒れた。だが、頭目は振り向きもせず、手下を見捨てて逃げ去ってしまった。

追うのを諦めた伝兵衛は、小太刀を鞘に納めた。

大木の根元にうずくまり、抱き合うようにして怯えていた女たちのそばに歩み寄る。

「怪我はないか」

伝兵衛が声をかけると、女たちが頭を下げ、礼を言った。

安堵《あんど》する女たちだが、伝兵衛は早く立つよう促す。

「伝兵衛、何を焦っているのだ」

訊く幸村に、伝兵衛が顔を向けて言う。

「今の者たちは、関所の役人と通じている。関所を避けて山を抜けようとする者を捕まえて突き出す代わりに、この一帯の山でする悪事を見逃してもらっているのだ」

「悪事とはなんだ」

「関所を破る者は、江戸で仕事をした盗賊などの悪人が多い。捕まれば金目の物を奪われ、女は慰《なぐさ》み者にされた後、身包《みぐる》み剝がされて関所に連れて行かれる。そして、奪った着物は宿場で売る。あの者たちが山賊と言われるのはそういうことだが、関所役人の手下のようなものだ」

「では、お前たちは盗人か」

幸村が女たちに言うと、

「違います」

年上の女が連れの女をかばい、気が強そうな口調で言う。

「では、何者だ」

幸村が訊くと、女は秋《あき》と名乗り、もう一人は瑛《えい》と名乗った。

二人とも、身形《みなり》は武家風だ。

秋は侍女、瑛は姫といったところかと、伝兵衛は見ている。

「箱根の関所は、出女の調べが特に厳しい。何か、事情がおありのようだ」

伝兵衛が幸村に言い、女たちに訊いた。

「何処まで行かれる」

「西へ」

答えた秋が、瑛の着物の汚れを払い、竹杖《づえ》を拾って渡した。

頷いた伝兵衛が言う。

「盗賊どもが役人を連れて戻ってくるといけない。三島宿まで、送ってあげよう」

「いえ、けっこうでございます」

秋が言い、瑛を促して歩こうとしたのだが、瑛が顔をしかめて足を押さえた。

「瑛さま。お怪我をされたのですか」

「先ほど、足をくじいたようじゃ」

瑛が言い、岩に手をついて辛そうにしている。

「幸村殿、手を貸しておあげなさい」

伝兵衛が言うと、幸村が瑛に手を差し伸べ、肩を貸した。

「だが伝兵衛、三島宿には代官所の役人が大勢いる。箱根関所の役人が来れば、すぐ見つけられるぞ」

「それもそうじゃな。では、どうする」

「ここはひとまず、何処かに身を隠した方がいい」

「うぅむ。ならば、熱海《あたみ》へくだるか。そこの湯で、痛めた足の養生をするのはどうじゃ」

秋と瑛は、顔を見合わせて頷いた。そして、秋が言う。

「では、お願いできますでしょうか」

「うむ。では、参ろう」

伝兵衛は、歩けぬ瑛を幸村に背負わせて、山をくだった。

三

熱海に到着した伝兵衛は、秋と瑛を湯宿に連れて行き、そこで別れようとしたのだが、秋が礼をしたいと言い、共に泊まることを勧められた。

——不安なのであろう。追っ手は熱海には来ないだろうが、念のため。

と思った伝兵衛は、ひと晩だけ泊まることを幸村と決めた。

よそよそしければ、宿の者に怪しまれる。四人は身内同士の湯治を装い、部屋も同じにした。

瑛と秋は、町人の旅姿で大小を手挟《たばさ》んでいる幸村と、薪にしか見えない小太刀を持っている伝兵衛が何者なのか探ってきた。

「お二人ともお強うございますが、何をされている方なのですか」

秋に訊かれて、幸村は伏見の国豊寺の者だと明かし、伝兵衛は、寺の小姓ということにした。

「何ゆえ、関所を逃れようとされたのですか」

瑛がさらに深く訊く。

幸村が目を向けると、二十代前半と思《おぼ》しき瑛は、恥じらうように目をそらした。

瑛の問いには、伝兵衛が答えた。

「わしらは箱根湯本に用があったのでな、面倒な関所を通らずに、近道をしていたのだ。これこのとおり、手形は持っているのだぞ」

伝兵衛が、幸秀が出してくれた手形を懐から出して見せ、逆に訊いた。

「お前さんたちこそ、何ゆえ無茶をしなさった」

この時宿の仲居が酒肴を持って来たので、話は中断した。

おしゃべりな仲居は、酌をしながら熱海自慢からはじまり、宿の食べ物は何が美味《おい》しいだとか、四半刻（約三十分）ほど居座った後にようやく去った。

酒をふるまってくれた瑛は、

「先ほどの続きですが」

と言って、女二人で箱根の関所を破ろうとしたわけを話した。

「わたくしは親の反対に背いて、好いた人を追って尾張《おわり》まで行こうとしているのです」

「それはまた、思い切ったことを」

伝兵衛が驚いて言うと、秋が洟《はな》をすすりながら言う。

「お嬢様は、江戸の旗本の娘でございますが、お屋敷に出入りしていた尾張商人の御子息と恋仲になられたのでございます」

許されぬ恋に落ち、瑛の父に責められた尾張商人の家では騒動となったらしく、あるじは息子を尾張の本店へ帰らせたという。

瑛はその男のことを諦められず、家を飛び出して、尾張へ行こうとしていたのだ。

「では、江戸の家から追っ手が来よう」

「おそらく」

秋が頷く横で、瑛が毅然《きぜん》と言う。

「江戸に戻されるくらいなら、喉を突いて果てます」

「そこまで、惚れているのか」

伝兵衛が言うと、瑛が強い意志を示す顔で頷く。

「姫様にそうまで想《おも》われて、相手は幸せ者、いや、罪な男じゃ。のう、幸村殿」

「ま、まあ」

すった。

曖昧な返事をした幸村が、色恋沙汰《ざた》は苦手だと言わんばかりに俯《うつむ》き、手酌で酒をすすった。

伝兵衛は、ふと思いついた。

「そうじゃ、幸村殿。これから先はわし一人で行ってくるゆえ、おぬしここへ留まり、お二人さんの警固をしながら待っていてくれぬか」

「はあ?」

なんで自分が、という顔を幸村がするので、伝兵衛が言う。

「怪我をした若い女を放っておくのは、幸秀和尚の教えに背くことになろう」

「それは、そうだが」

幸村は抗議する顔で言う。

「今は、それどころではないではないか」

するると、秋がすがるように言った。

「お願いでございます。どうか、見捨てないでください」

幸村が目を見開く。

「見捨てるとはなんだ。わたしたちは山で偶然会っただけなのだぞ」

「女二人で心細かったのです。何とぞ、お力をお貸しくださいませ」

「そう言われてもな」

渋る幸村に、伝兵衛が言う。

「よいではないか。尾張は帰り道に通るのだから、送ってあげよう」

秋と瑛がぱっと明るい顔をして、幸村に頭を下げた。

二人の女に頭を下げられては、幸村もむげにはできぬとあって、

「ま、まあ、わたしは構わぬが」

と言い、伝兵衛に疑いの目を向ける。

「うまいことを言って、例の物を持って逃げる気ではあるまいな」

「その気ならば、とっくに消えておる」

伝兵衛が薄い笑みを浮かべて言うと、幸村は鼻で笑い、酒をあおった。

「瑛殿が歩けるまでには四、五日かかるだろうから、それまでには戻ってくれ」

「それだけあれば十分じゃ」

伝兵衛は言い、湯に行くと言って部屋を出た。

翌朝になると、伝兵衛は飯を済ませて身支度を整え、旅籠の者には、若い者を頼むと言って銀を渡し、あたかも身内の長のように振る舞って出かけた。

海沿いの道を小田原《おだわら》の方角へ進み、休まず早川《はやかわ》の河口まで行く。傷が癒え、記憶を

取り戻した伝兵衛の足をもってすれば、熱海から箱根湯本までの道のりならば、日暮れ前に十分到着できる。

早川をさかのぼり、箱根湯本へ続く道へ入った時、伝兵衛の脳裏《のうり》に、西ノ丸から脱出したあとのことが鮮明に浮かび上がった。

爆発で怪我を負《お》った身体を引きずりながら江戸を逃れ、昼は空き家や祠《ほこら》に潜《ひそ》みつつ、夜道を逃げた。

命からがら箱根湯本まで逃げた伝兵衛は、町外れの古びた宿に潜り込んだ。

六十代の老婆が営む宿の湯は、江戸の湯屋よりも安い代金で入れるとあって、地元の百姓《ひやくしよう》たちが野良仕事の疲れを癒すために使う場所で、気の利《き》いたもてなしもなければ、愛想もない。ただ、湯に入って酒を呑み、陽気に騒いで日頃の憂《う》さを晴らす。これがよくて、宿は賑わっていた。

地元の者が集う宿は、江戸から逃げていた伝兵衛にとって、身を潜めるには不都合な宿のはずであったが、陽気な百姓たちは伝兵衛に白い目を向けることもなく、

「じいさん、早く傷を治さねぇと、田起こしに間に合わねぇぞ」

よその村の者に見られたらしく、持ち寄った食い物を分けてくれるなどして、面倒を見てくれた。

伝兵衛はそのお蔭で、ゆっくり湯につかりながら杖なしでなんとか歩けるまで傷を癒すことができたのだ。

――ばあさまは、達者だろうか。

伝兵衛は、漁師に分けてもらった大きな鯛をぶらさげて宿を訪ねた。

日暮れ時の宿から灯りがもれ、賑やかな声がしてくる。

百姓たちは相変わらず田畑の仕事を終えると集まり、湯につかって疲れを癒しているのだ。

「ごめんなさいよ」

声をかけて中に入ると、広い板の間で車座になっていた者たちが談笑をやめ、一斉に見てきた。

誰だ、という顔で見ていたが、

「ああ!　伝兵衛爺さん」

男が指差して立ち上がり、目を輝かせた。

権助《ごんすけ》、という四十過ぎの男は、村の百姓で、伝兵衛が養生していた時、薬を分けてやったことがある。

それを憶えていた権助は、飲みかけの欠け茶碗を持って歩み寄り、歯の抜けた口をにんまりとさせた。

「爺さん、あの薬、分けておくれ」

いきなりの申し出に、伝兵衛が手をひらひらとやる。

「済まんが、今は持っていない。代わりにこれだ」

鯛を見せると、車座がどっと沸《わ》いた。

しょんぼりする権助が欲しがる薬は、男が元気になる伝兵衛特製で、十も若い女房を持て余していた権助が悩んでいたので、作ってやったものだ。

その効き目は抜群だったらしく、次の朝伝兵衛を訪ねた権助が、

「ゆんべは家が揺れる程かかぁを抱いてやったさ。お蔭で、かかぁの機嫌がいいこといいこと、いひひ」

と笑って、下帯を押さえていたのを思い出す。

伝兵衛は、しょんぼりしている権助の肩を叩いた。

「また元気が出なくなったのかい」

「どうもいけねぇ。このままじゃ、かかぁに間男されてしまう」

権助が泣きそうな顔で言うので、

「では、明日作ってやろう」

伝兵衛は権助の肩を抱いて車座に加わった。

宿の女あるじのおつねは相変わらず不愛想で、伝兵衛から鯛を受け取ると、ものも言わずに板場に立った。

板場と言っても、下女を一人使うだけの小さなものだが、おつねがこしらえる料理は絶品で、伝兵衛が傷を負っていた時は、胃袋に優しい薬膳なども出してくれたことがある。

そんなおつねが、ちょちょいと鯛をさばいて姿造りにして出したものだから、村の者は大喜びで、酒も進んだ。

久々に皆と騒いだ伝兵衛は、あたりまえのように宿に泊まり、旅の疲れを癒した。

そして翌朝、まだ薄暗いうちに部屋を抜け出し、龍眼を隠している場所へ向かった。

龍眼は、おつねの宿の裏山の奥にある阿弥陀《あみだ》寺に行く途中にある、朽《く》ちかけた観音堂に祀《まつ》ってあった観音像の中に隠している。

その小さな観音堂は、年老いたおつねの持病に効く薬草と、自分の傷に効く薬草を採りに行った時に見つけたもので、苔むした御堂は、長年誰も手を合わせた様子がなかった。

江戸から離れようとしていた伝兵衛は、追っ手に備えて、懐に持っていた龍眼を隠したのだ。

そして、江戸からの追っ手を警戒して、傷が癒えぬうちに宿を出た伝兵衛は、箱根の関所を破ろうとして山賊に追われ、今に至っている。

朝もやに煙る山道を登った伝兵衛は、見覚えのある、御幣《ごへい》を巻いた杉の大木の下から道を外れ、観音堂を目指した。

ところが、杉林の奥にあった雑木林は伐採され、杉が新たに植林されていた。

「しまった」

伝兵衛は焦った。龍眼を隠した観音堂は、雑木林の中に忘れられていたのだ。

駆けて行くと、やはり観音堂はなく、一帯は、植えられたばかりの杉の苗が、朝露に濡れて青々としている。

宿に取って返した伝兵衛は、

「おつねさん、裏山にあった観音堂は、どうなったのだ」

責めるように訊いたものだから、おつねは驚いた顔で炊事の手を止めた。

「なにかね、朝っぱらから大きな声を出して」

「おかみさん、あれですよ。先月騒ぎになった」

下女に言われて、おつねはようやく理解したようだ。

「ああ、あのことかい。お宝が出たと騒いでいたな。それがどうしたね」

お宝と聞き、伝兵衛は慎重になった。

「お宝？　お宝が出たのか？」

眉間に皺《しわ》を寄せて、今初めて知った顔で訊くと、おつねが頷く。

「そうだよぅ。真っ赤に輝く玉のお宝が観音様の中から見つかって、大騒ぎになったさ」

「それで、そのお宝にどうなったんだ」

「庄屋さんが、至宝だからと言いなすって、観音様といっしょに小田原のお城に献上されたと聞いたが」

「城へ運んだのか……」

伝兵衛が悲愴な顔をするのを見て、おつねが訝《いぶか》しい顔をした。

「どうしたね。そんな顔して」

「いや、あの観音堂の周りに、薬草がたくさん生えていたものでな」

そう誤魔化した伝兵衛は、山から採って来ていた薬草を渡した。

おつねが嬉しそうな顔をした。

「これこれ、あたしゃこれがないと元気が出ないんだよ。どこに生えているか、教えておくれよ」

「それは駄目だ。よく似た毒草があるから、間違えたらたいへんだ」

伝兵衛は言い、いもりを入れた袋と薬草を渡した。

「これは権助のだ。いもりを黒焼きにして粉々にしたものを、この薬草と煎《せん》じて飲むよう、来たら渡してやってくれ」

「元気が出る薬かね」

おつねが興味ありげに訊くので、伝兵衛は笑みで頷き、身支度をした。

「もう行くのかい」

「ああ、今回は、礼をしにきただけだ」

伝兵衛はそう言って、荷物から小粒銀を入れた袋を出して、おつねに渡した。

「あの時の代金だ」

「あらそう」

おつねは愛想なく言い、袋を受け取る。

手で重みを確かめ、

「少ないね」

と、笑いもせずに言い、板場に行くと、手早く握り飯をこしらえて持たせてくれた。

無愛想だが、性根が温かいおつねに礼を言い、伝兵衛は宿をあとにした。

向かうのは当然、小田原城下だ。

徳川譜代の大久保《おおくぼ》家に龍眼が渡ったとなると、既に江戸へ運ばれているかもしれなかったが、伝兵衛は、自分の目で確かめずにはいられなくなり、城へ向かうことにしたのだ。

四

三島宿では、代官の仁良《にら》が難しい顔をして、伝兵衛の人相書を睨んでいた。その目の前には、箱根関所から来た役人の大留《おおとめ》が、責めるような目をして座っている。

大留は、大御所吉宗から伝兵衛の探索打ち切りと、関所を通すように通達されていたものの、関所破りをしようとしていた二人連れの女を助けたのが伝兵衛だと山賊から聞き、三島宿まで出張ってきたのだ。

「仁良殿、里見《さとみ》影周を見ておらぬというのはまことにござるか。女を助けた場所からしても、三島宿を通っているはずですぞ」

仁良は首を傾げて唸った。何度言われても、見てないものは見てないのである。それもそのはず。伝兵衛と幸村が三島宿にいた時は、どこにでもいそうな商人に化けていたのだから、見かけたとしても頭に残っていない。

「里見影周の人相書は宿場にも配っておりましたが、手配が解けたので、皆忘れていたのでしょう」

「ええい」

苛立った大留が、二枚の人相書を出した。

「では、こちらの女たちはどうです」

瑛と秋の顔が描かれているが、仁良は首を振る。そして、そばにいた側近に、お前は見たかと訊く。

「出女ですか。このように美しい女なれば、誰かが憶えていそうなものですが」

「見た者はおらぬか、早急に確かめていただきたい」

大留の申し出を受けた仁良が、配下の者に人相書を渡し、役人たちに確かめて来るよう命じた。

側近の者はすぐ部屋を出て、宿場役人たちに確かめに行った。

宿場町の役所に詰めている役人たちに訊いて回った側近が、全身汗みずくになって戻ってくると、仁良に報告した。

「宿場役人の皆に確かめましたところ、誰も知らぬと言います」

「ご苦労。下がって休め」

仁良が労《ねぎら》い、大留に言う。

「街道を外れて、海手に行ったのではござらぬか。熱海か、沼津《ぬまづ》あたりを捜してみてはいかがか」

「うぅむ」

腕組みをして難しい顔をする大留に、仁良が訊く。

「そもそも、この女たちは何者なのです」

じろりと睨んだ大留が、不機嫌に言う。

「それは申せぬ。ただ、不届き者なのは確かだ」

「不届き者」

言った仁良が、人相書に視線を落とし、首を振る。

「何をしたか知りませぬが、悪人には見えませせぬな」

「ふん。それだから困る」

「はあ？」

「三島宿は関所破りをした者が立ち寄ることもありましょう。顔の美しさに惑わされて目が曇《くも》らぬように、お気をつけなされ」

大留は嫌味たらたらに言うと立ち上がり、代官の前から去った。

表玄関で待っていた配下たちの前に出ると、見回して命じる。

「よいか。女たちを尾張へ行かせてはならぬ。まずは沼津方面を探索する。箱根関所の名誉のため、必ず探し出せ」

「はは！」

「行け！」

大留が命じると、役人たちは隊列を組んで沼津へ向かった。熱海は三島より江戸寄りにあるので、大留は、判断を誤ったのだ。


その頃、幸村は、熱海の町へ出て、箱根関所の役人たちが来ていないか、様子を探っていた。

宿に潜んでいる瑛と秋は、ゆっくり湯につかり、伝兵衛の帰りを待っている。

客のいない露天風呂へ入っている瑛が、みだらに湯から足を出し、痛めているはずの足首をくるくると回しながら、細い指でふくらはぎを揉んでいる。

「すっかり足の疲れが取れたわ。さすがは天下の名湯ね」

「瑛さま、そのようなお姿を見られては、疑われます」

「幸村殿が入ってくるはずはないのだから、大丈夫よ。一緒に入りたい気もするけど」

「瑛さま」

秋に窘《たしな》められて、瑛がくすりと笑う。

「それにしても、危ういところを助けてくれたのが、西ノ丸で騒動を起こした噂のお人とは、あたしたち、ついているわね」

「本当に。人相書の伝兵衛殿が目の前に現れた時は、驚きました」

「お蔭で助かったのだから、感謝しなければね」

「それにしても瑛さま、怪我を装ってあの二人に助けさせるとは、さすがでございます」

「咄嗟《とっさ》に思いついたのよ。お二人の強さったら、尋常ではないんですもの」

「お蔭で、尾張まで安心できます」

「そうね」

瑛は、部屋に戻ると言って立ち上がった。

色の白い肌が水を弾き、湯の中を歩むたびに、鍛《きた》え上げられた身体が美しくしなう。

湯治客の男が鼻唄をうたいながら脱衣場から出てきて、湯から上がった瑛と鉢合わせになった。

瑛は、形の良い乳房も下の茂みも隠さず、男をちらりと見て、薄い笑みを浮かべて通り過ぎた。

男は、美しい瑛に唖然として動けなくなっていたが、湯の中にいる秋が呆然とした目を自分の息子に向けているのに気付いて、慌てて隠した。

押さえても手に余るほどになってしまっている男は、身を屈《かが》めて桶を拾い、おずおずと隅の方へ行って湯を使い、背を向けて座った。

我に返った秋は、慌てて湯から上がり、瑛を追って出た。

五

この夜、伝兵衛は、小田原城大手門前にある国家老の屋敷に忍び込んだ。

堂々と名乗り、将軍家秘宝の龍眼だと告げれば国家老は大人しく差し出すであろう。

そう思い、寝静まった夜中に寝所に屋根裏から降り立ち、国家老を起こした。

国家老が驚き、声をあげようとしたのを伝兵衛が口を塞ぎ、

「将軍家御庭番、里見影周にござる」

耳元でささやくと、抵抗をやめた。

伝兵衛は手を離し、片膝をついて頭を下げて訊く。

「小田原藩国家老、岡村《おかむら》殿にござるか」

「いかにも」

まだ三十半《なか》ばほどの岡村は、人の良さそうな顔をしているが、いささか疲れた顔をしている。

伝兵衛は、箱根湯本の観音堂から見つかったお宝が、将軍家秘宝の龍眼だと告げた。

「そ、そんな、ばかな」

愕然《がくぜん》とした岡村が、どうしようか、という焦りの顔になっている。

「今すぐ、お返し願いたい」

伝兵衛が鋭い口調で言うと、岡村はみるみる青い顔になり、額に汗を浮かばせた。

「き、貴殿が、里見影周という証はあるのか」

「そのようなものはござらぬ」

「では、渡せぬ。盗人かもしれぬであろう。去らねば、人を呼ぶ」

伝兵衛は小太刀を抜刀し、喉元に突きつけた。

「人を呼ぶのと、喉笛をかき斬られるのとどちらが早いであろうのう」

「わしに、脅しは通用せぬぞ」

伝兵衛は、小太刀の切っ先を近づけて言う。

「どうあっても、出さぬと申すか」

「そ、そういうことじゃ」

言った岡村の声は震えている。

「ならば仕方ない」

伝兵衛は岡村の口を塞いで手足を縛《しば》り上げた。

浴衣を剝ぎ、下帯一つにさせると、用意していた竹筒の栓を抜き、文机に置いてある書道具を持ってくると、すずりの中に流し入れた。

「これは、御庭番が拷問《ごうもん》に使う秘薬。肌に塗れば焼けるように痛い」

岡村が目を見張り、怯えた顔をした。

伝兵衛が訊く。

「龍眼を渡す気になられたか」

口を塞がれている岡村は、顔をそむけて拒んだ。

「よく聞け。これを塗られるとすぐさま激痛に襲われる。いかに屈強な者であろうが、この痛みにのたうちまわるのを幾度も見てきている。城と屋敷を行き来するだけの貴殿には、耐えられぬぞ。どうじゃ、返す気になったか」

伝兵衛が言うが、岡村は首を横に振る。

「ならば仕方ない。痛い目に遭ってもらうぞ」

怪しげな液体を浸した筆を岡村に近付けようとした伝兵衛は、うっかり、自分の手に一滴落としてしまった。

「ぐあぁ！」

苦痛の声をあげた伝兵衛が、手を押さえて苦しんだ。

呻き声を聞きつけて家来たちが来ようものだが、大名家の国家老の屋敷だ。江戸城大奥のように、夜通し次の間に控える者がいるはずもなく、最も近い場所にいるのは、幼い嫡男を添い寝している奥方。

その部屋は、大部屋を二つ隔《へだ》てた先にあり、伝兵衛の呻き声は聞こえない。

周到に調べを済ませていた伝兵衛は、しばらく苦痛にもがいたが、息を荒くし、恐ろしげな目を岡村に向ける。

「ひっ」

恐怖に目をひん剝いた岡村であるが、首を縦に振らぬ。

「さすがは国を預かるだけのことはある。顔に似合わず、気骨者《きこつもの》よのう」

伝兵衛は苦しそうに言い、筆をすずりに戻した。そして岡村に向き、押し倒して下帯を剝いだ。

「ここは責めとうなかったが、お前さんが強情なのがいかん」

「やめ、やめろ」

と言っているのだろう、岡村がもごもごと声を出し、必死の形相《ぎようそう》で首を横に振っている。

「返すか」

伝兵衛が脅したが、岡村は首を縦に振らない。

伝兵衛は筆を持ち、露わになった岡村の息子の先に筆を近づける。

「待て、待て」

と聞こえたので伝兵衛が見ると、岡村が必死に頷いている。

「返すか」

「返す、返す」

と呻き、目に涙を浮かべて何度も頷く。

「初めからそうしておれば、このような目に遭わずに済んだのじゃ」

伝兵衛が言い、猿ぐつわを外してやる。

「返そうにも、城にはないのだ」

「まだ惚《とぼ》けるか」

伝兵衛が筆を近づけると、岡村が悲鳴をあげた。

これでさすがに家の者が異変に気づき、廊下に出てきた。

岡村の寝所に来るや、

「あ！　殿！」

あるじの姿に家来が慌て、

「曲者じゃ！」

叫んだので、大騒ぎになった。

刀や槍を持った家来たちが現れ、伝兵衛を囲む。

伝兵衛は、今にも斬りかかりそうな家来を睨み、

「わしは今、将軍家の秘宝のことで国家老殿と大事な話をしておるのだ。邪魔をするな」

将軍家の秘宝と聞き、家来たちが怯んだ。

「殿!」

本当なのかと問う家来に、岡村が頷く。

「お前たち、下がっておれ」

「しかし——」

「下がれと言うておる!」

家来が槍を引き、大きく下がった。

岡村が、まだ筆を持っている伝兵衛に怯えた顔を向けて言う。

「お宝は売った。ゆえに城にはない」

「なに、売ったじゃと」

「嘘ではない。まことだ」

「誰に売ったのだ」

「その前に、貴殿はまことに、里見影周殿か」

「いかにも」

そう言い、頬被《ほおかむ》りを外す。すると岡村は、しまった、という顔をした。伝兵衛の人相書は、小田原城にも回っていたので、岡村は憶えていたのだ。

「筆を離してくだされ。正直にお話しいたす」

表情から嘘ではないと覚った伝兵衛は、ふっと笑みを浮かべて、筆を下げようとした。

その時、うっかりしずくが落ち、恥ずかしい姿をさらしている岡村の股に落ちたものだからたいへんだ。

岡村が、

「あぎゃぁ！」

と、悲鳴をあげたものの、すぐにぎょっとして、股を覗き込んだ。

「こ、これは……」

「ただの水じゃ」

伝兵衛が笑みを浮かべると、岡村が悔しげな顔を上げた。

「お、おのれ、謀《たばか》ったな」

「そう怖い顔をされるな。本物でのうて良かったではないか」

「…………」

岡村は、安堵の息を吐いた。

伝兵衛は岡村の手足を縛っている縄を解き、着物を肩にかけてやる。

「手荒な真似《まね》をして悪かった。それほどに大事な物であることを分かっていただきたい」

岡村が頷き、居住まいを正した。

「まさか将軍家の秘宝だとは思いもせず、売ったのは事実。どうか、話を聞いてくださらぬか」

「聞こう」

岡村は家来たちを遠ざけ、障子を閉めるなり、伝兵衛の前で両手をついた。

「なにとぞ、このことはご内密に願いまする。なにとぞ」

将軍家の秘宝を売ったとなれば、ただでは済まぬと思っているのだろう。岡村は必死の形相で、わけを話した。

「長引く凶作で藩の財政が悪化し、御公儀より命じられた大手御門の修復のかかりが出せぬ事態になっていた時、あのお宝を献上されたのです。これは観音様の御利益だと喜び、商人に……」

辛そうに下を向く岡村に、伝兵衛が訊く。

「売って、費用に充てたと」

「はい」

「いくらで売ったのだ」

「一万両」

「将軍家の秘宝が一万両とは、安いのう」

伝兵衛は、あえて将軍家を強調し、ため息を吐いてみせた。

「して、誰に売ったのだ」

「城下の豪商、相模屋貴左衛門《さがみやきざえもん》でござる」

「わけを申して、返してもらえ」

「それは難しゅうござる。なにせ相模屋は、金儲けのためならあこぎなこともする者ゆえ、おそらく、一万両では返さぬかと。あの者ならば、二万両は払えと言いましょう」

「将軍家の秘宝だと言ってもか」

岡村が頷いた。

「あの者には通用せぬ。返せと迫れば、既に売り払ったと言い、逃げるであろう。金を払おうにも、今の小田原藩にとって、二万両はすぐに用意できる額ではござらぬ」

岡村は、申しわけない、と頭を下げた。

伝兵衛は、顔を上げさせて訊いた。

「相模屋は、手に入れた龍眼を高く売りさばいてはいないか」

「高利貸で人を苦しめる悪党なれど、信心深いところがござるゆえ、まだ手元にあるはず。先日も、菩提寺の住職を招いて自慢していたと聞いているが、数日のうちに相模屋が喜ぶことがなければ、高い値で売りさばくやも」

「さようか」

しばし下を向いて考えた伝兵衛は、あることを思いつき、顔を上げる。

「国家老殿、わしがここへ忍び込んだこと、内密にしていただきたい。わしも、貴藩が龍眼を売ったことを黙っておるゆえ」

「承知」

「では、相模屋で騒ぎが起きても、静観してくだされ」

「何をなさるおつもりか」

「それも、訊かずにいただきたい」

「…………」

「よろしいな、国家老殿」

伝兵衛が念を押すと、岡村は頷いた。

伝兵衛は、その足で相模屋に向かった。

六

油問屋の相模屋は、城下の東海道沿いにあり、店の間口は他店と比べてもさほど大きいほうではない。

ところが、敷地は奥に広く、店の建屋のうしろには、国家老の屋敷をも凌《しの》ぐほどの母屋《おもや》があった。

伝兵衛は、瓦の大屋根のてっぺんに立ち、家の大きさを目測した。

油問屋だけではなく、高利貸をしている相模屋は、町の者たちはもちろん、藩にも数十万両という多額の金を貸しつけているだけあり、年に一度支払われる利息分だけでも、儲けはかなりのものであろう。

家老の岡村が言ったように、裏ではあこぎなことをしているだけあり、人を苦しめて大儲けしている屋敷には蔵が五つ並び、母屋の並びには、内蔵と思しき屋根も見える。

家屋敷の規模から推測して、奉公人が二十人以上はいるはず。あこぎな高利貸をしているなら、用心棒の一人や二人は雇っているだろう。

これだけの屋敷から龍眼を探し出すのは骨が折れる。

あるじの寝所に忍び、脅して手に入れるのも一つの手段だが、あるじの顔を知らぬ伝兵衛は、別の手を考えている。

音もなく屋根を歩んだ伝兵衛は、切妻から屋根裏に忍び込み、表側の大部屋の上に向かった。

あるじの家族と奉公人たちは、屋敷の裏手を寝所にしているのが普通だ。

表の客間は、夜は誰もいないはず。

伝兵衛は天井板をずらし、下を覗いた。

雨戸も閉《た》てられ、月明かりも入らない部屋は真っ暗である。

その暗闇の中に降り立った伝兵衛は、手探りで柱を探しあて、懐から出した紙を小柄で突き刺し、障子を開けて廊下に出ると、わざと大きな音を立てて雨戸を開けた。

広い屋敷の中に、人が動く気配がする。

伝兵衛は身軽に屋根に跳び上がり、裏庭に下りると、木戸を開けた。

「相模屋さん、相模屋さん」

頬被りを取り、大声をあげて裏庭に進む。

雨戸を開けた奉公人らしき男が、眠そうな顔をゆがめた。

「なんだね、こんな夜中に」

伝兵衛は、警戒する奉公人におずおずと歩み寄る。

「あっしは火の番をして回っている者ですが、たった今、こちらさまの裏口から、怪しい人影が二つ三つ出たのを見たもので、声をかけさせていただきやした。何か、変わったことはございませんか」

「ええ？」

突然のことに、男はどうしていいのか分からなくなったらしい。

「盗人じゃないですかい」

伝兵衛が言うと、

「あっ！」

声をあげた男が、中に引っ込んだ。

「旦那さま、旦那さま！」

叫びながら廊下を走って行く。

伝兵衛が廊下から中の様子を見ると、物音に気付いていた者が騒ぎはじめたようだ。

「ごめんなさいよ」

声をかけて上がった伝兵衛は、慌てる奉公人たちについて表に向かった。

「これはなんだ」

声がしたので伝兵衛が行くと、でっぷりと太った中年の浴衣《ゆかた》姿の男が、奉公人が持つ手燭の灯《あか》りに浮かぶ紙に悪人顔を向けて、睨んでいる。

床の間の柱には、伝兵衛が突き刺した紙があるのだが、それには、こう書いてある。

（観音菩薩《かんのんぼさつ》）

「やはり盗人だ」

伝兵衛が言うと、先ほど対応した店の者が、あるじに告げる。

「旦那さま。こちらのお方が、怪しい者が逃げて行くのを見たそうです」

「何！」

目を見開いた貴左衛門が、血相を変えて廊下を走った。

店の者に混じり、伝兵衛があとを追う。

貴左衛門は内蔵の前に立つと、安堵の息を吐いた。

「鍵はかかっている。破られてはいない」

「中をお確かめになられた方がよろしいかと」

伝兵衛が言うと、貴左衛門が疑いの目を向ける。

「貴様、うまいこと言って、蔵を開けさせる気だな」

「ご冗談《じょうだん》を。あっしは一人ですよ。何ができましょうや」

初老の伝兵衛を見て、貴左衛門が鼻で笑う。

「それもそうだ。じいさん、疑って悪かったな。あとで報せてくれた礼をするから、表で待っていろ」

貴左衛門はそう言うと、首に下げていた鍵で戸を開けて中に入った。

伝兵衛は表に行かず、様子を見ていると、奉公人が心配して入ろうとした。

「旦那さま」

「心配するな。何も取られていないはずだ」

蒔絵《まきえ》を施《ほどこ》した漆《うるし》塗りの箱を抱えて、貴左衛門が出てきた。

伝兵衛を見た貴左衛門が、上機嫌で言う。

「じいさん、いいものを見せてやろう」

その場で紐《ひも》を解《ほど》き、蓋を開けて見せた。

白い綿を詰められた箱の中で赤い輝きを放つのは、紛れもなく龍眼。

「危ないところでございましたな」

笑みを浮かべて伝兵衛は言い、

「では、あっしはお役目に戻ります」

頭を下げた。

「待て。何も取られてはいないが、教えてくれた礼はする」

貴左衛門が、蔵から持って来ていた小銭を投げ渡した。

「遠慮せず、持って行け」

「いえいえ、夜回りをする者が、当然のことをしたまで。では、失礼します」

伝兵衛はそう言うと、行きかけて足を止め、貴左衛門に訊いた。

「念のために、お役人をお呼びしましょうか」

貴左衛門が舌打ちをして、さっさと帰れ、というように手を振る。

「何も取られていないからいい。面倒だ」

「では、しっかり戸締りをしてください」

伝兵衛は飄々と言い、その場を去った。

貴左衛門は、家の者に戸締りを命じ、酒臭い用心棒にはきつい口調で内蔵の警固を命じた。

騒動は治まったものの、奉公人たちは、盗人が入ったことに気付かなかったのを不思議がり、気味悪がった。

そこで、交代で番をしようということになり、まずは力の強い若者が二人選ばれ、皆が安心して眠れるように警戒をはじめた。

初めは意気込みをもって屋敷の中を見回っていた二人であるが、昼間の仕事に疲れていることもあり、次第に眠くなる。

部屋に灯《とも》りが灯っていれば盗人は入らないだろうと考え、表の雨戸を開けて、客間に蠟燭《ろうそく》を灯した。

その頃、内蔵の前に座っていた浪人者は、暇を持て余して、あくびをしていた。

背後で灯している蠟燭の火が伸び、ゆらゆらと揺れる。

「暇じゃ」

独りごち、眠気と戦う浪人者は、天井から下ろされた黒い糸に気付いていない。

黒い糸は、浪人者が横に置いている湯呑の上で止まり、一滴の汁を垂らした。

ため息を吐いた浪人者が、眠気を覚ますために渋茶を湯呑に注ぎ、一息に飲み干した。

やがて東の空が明るくなり、小田原の城下にはいつもの朝がきた。

相模屋も奉公人たちが起き、昨夜の騒動で寝不足の眼を擦《こす》りながら朝の仕事をはじめた。

あるじ貴左衛門は身支度を整え、通いの番頭と共に一日の商売に使う小銭を出しに、内蔵の部屋へ行く。

蠟燭の火が消えた燭台の下で眠りこけている浪人者に不機嫌な顔をして、足で蹴り起こす。

眠っていたことに驚いた顔をした浪人者は、慌てて蔵の鍵を確かめた。

異常はない。

安堵の息を吐く浪人者に、貴左衛門は軽蔑《けいべつ》の眼差《まなざ》しを向けて言う。

「ご苦労だったな。今夜から来なくていいから、ごみ溜めに帰れ」

手切れ金とばかりに、小判を数枚投げ渡した。

町の有力者である貴左衛門に逆らえぬ浪人者は、黙って小判を拾い、畳に置いていた刀を摑むと、逃げるように帰った。

「次はもっとまともな用心棒をよこせと、口入れ屋にやかましく言え」

貴左衛門は番頭に言いつけると、鍵を開けて内蔵へ入った。

銭を数える番頭の横にいた貴左衛門は、何気なく向けた目を、ぎょっと見開く。

「まま、まさか」

昨夜納めた蒔絵の箱はあるのだが、その箱の上に、

（観音菩薩）

と書かれた紙が貼られていた。

慌てて紐を解き、箱を開けた貴左衛門が、あんぐりと口を開ける。

内蔵から貴左衛門の悲鳴が響いた時、伝兵衛は小田原を遠く離れ、熱海に向かっていた。

湯治の旅人に扮している伝兵衛の懐には、布に包まれた龍眼が収まっている。

天下を揺るがしかねぬ秘宝を再び手に入れた伝兵衛は、ずしりと重い感触を手で確かめ、強い海風が吹き付ける海岸沿いの道を急いだ。

七

日が暮れてから熱海の宿に戻った伝兵衛は、おかみに出迎えられた。

「若い者は、大人しゅうしておりましたかな」

家長のふりをして伝兵衛が訊くと、おかみは、女中が足を洗い終えた伝兵衛に茶を出しながら、にこやかに返事をする。

「仲の良い御兄妹でようございますね」

――そういうことにしたか。

伝兵衛は曖昧に頷き、二階を見上げた。

泊まり客の賑やかな声がしているのかと思いきや、幸村の笑い声だった。

酒の燗徳利を何本も載せた盆を持った仲居が、忙しそうに段梯子を上がっていく。

「羽目《はめ》を外していましたか」

「いいえ、今日だけでございますよ。妹さんの足が良くなったからだそうです」

「そうですか」

伝兵衛はおかみに茶の礼を言って、二階へ上がった。

酒を運んだ仲居が出るのと入れ替わりに部屋に入ると、瑛から酌を受けていた幸村が、盃を置いて赤ら顔を向ける。

「戻ったか」

幸村が言って立ち上がり、伝兵衛を押して外に連れ出すと、障子を閉めた。

「龍眼は、手に入れたのか」

「ここに」

伝兵衛が懐を手で押さえて見せると、幸村が酒臭い顔を近づける。

「見せてくれ」

「うむ」

伝兵衛は、布を開いて見せた。

濁《にご》りのない赤い玉に、幸村が目を見張る。

「これが、龍眼」

手を伸ばしたが、気配を察した伝兵衛が懐に納めた。

障子を開けた瑛が、幸村の袖を摑む。

「兄上、早う呑みましょう」

瑛が甘えた声で言う。

「酔っておるのか」

伝兵衛が言うと、瑛は、とろんとした目を向けて微笑んだ。

「おじじさま、お帰りなさいませ。さ、おじじさまも呑みましょう」

「う、うむ」

「お嬢様、はしたないですよ」

秋が窘めて、部屋に連れ戻した。

伝兵衛が幸村を見ると、幸村が片手を立てて詫《わ》びる仕草をした。

「酒癖《さけぐせ》が悪いとは知らなかったのだ」

「まあいいではないか。足が治ったそうじゃな」

「うむ。軽くて良かった。いつでも発てるぞ」

「箱根から役人は来ていないか」

「今のところ」

「では急いだほうがいい。明日の朝発とう」

「よし分かった」

幸村は部屋の中に入り、秋に伝えた。

秋が頷き、瑛に伝えようとしたが、酌を求められた。

「もういけません。明日宿を発つそうですから、お休みになってください」

尾張へ行くと言われて、瑛は喜んだ。部屋の隅で脚絆《きゃはん》を取っていた伝兵衛のところに来て、酒を勧める。

「おじじさまも、これを呑んでゆっくり休んでください」

かわいらしい声で言われ、伝兵衛は盃を受けた。

「おじじさまは、どこに行ってらしたのですか」

酒を注ぎながら訊く瑛に、伝兵衛は微笑む。

「古い友の顔を見てきた」

誤魔化すと、瑛はさらに訊く。

「御病気なのですか」

「いや、息災じゃ。楽しゅうしておった。明日は早いから、もう休んだほうがいい」

伝兵衛は瑛の手から徳利を奪い、秋が敷いた寝床に促した。

瑛は素直に言うことを聞き、床に這って行くとうつ伏せになった。

「お嬢様、はしたない」

秋が言ったが、瑛は眠ったようだ。

「では、わたくしも休ませていただきます」

秋は申し訳なさそうに言い、枕屛風《びょうぶ》を寄せて目隠しをした。

伝兵衛は、瑛のことを薄笑いを浮かべて見ている幸村を手招きし、

「先が思いやられそうじゃ」

小声で言うと、徳利に口を付けて酒を呑んだ。

部屋の灯りを落として横になってから、半刻が過ぎた時、伝兵衛は気配に目を開けた。

むくりと半身を起こすと、幸村も起きた。

外が騒がしい。

「なんだ」

幸村が言い、窓の障子を開けた。

段梯子を駆け上がる音がしたのはその時だ。

「お客様、宿検《やどあらた》めにございます」

障子の外で、宿の者が声をかけて回っている。

泊まり客は、役人が来る前に身形を整えて正座し、身分を証明するものを膝の前に置いて待たなければならない。

外を見ていた幸村が、伝兵衛に告げた。

「山賊の頭がいる。関所の役人だ」

「来たか」

伝兵衛が見ると、向かい側の宿に役人が入って行った。次はこちらに来る。

泊まり客が静かに支度をはじめる中、伝兵衛は瑛と秋を起こし、身支度を急がせた。

「逃げるぞ」

浴衣のまま荷物を持たせ、段梯子から下りようとしたが、下から役人の声がする。

伝兵衛は屋根から逃げると言って、先に出た。

秋に手を貸して出させると、幸村は、足が治ったばかりの瑛を背負い、あとを追ってきた。

役人が足音に気付いて上を向けば見つかってしまう。

伝兵衛は秋の手を引き、音を立てぬように屋根を越えて裏に行くと、秋におぶさるよう言って背を向けて片膝をついた。

戸惑う秋に、

「はよういたせ」

伝兵衛は言い、強引に背負うと、屋根から飛び降りた。

幸村も飛び降りてくる。

伝兵衛と幸村はそのまま女たちを背負い、暗闇に包まれた熱海の町を駆け下りた。

海辺まで逃げた時、宿の方が騒がしくなった。

伝兵衛たちがいなくなったことに気付いた役人たちが、捜しはじめたのだ。

「どうする。道は通れぬぞ」

幸村が言うので、伝兵衛は海を見た。舟で逃げようにも風が強く、波が高い。

「仕方ない。ひと暴れするか」

伝兵衛は秋を下ろし、漁師小屋に立てかけてあった棒を摑むと、

「三島へ戻る道は一本しかない。あとから来い」

そう言って駆け出した。

熱海の町から三島へ通じる道には篝火《かがりび》が焚かれ、役人と山賊たちが守っていた。熱海から誰も出られないように見張っていたのだ。

何も知らずに朝になってから出ていたら、先に見つけられていただろう。宿検めをしてくれたことで助かったと、伝兵衛は胸を撫で下ろし、棒を握る手に唾を吐きかける。

役人たちは、熱海に通じる道に向かって立ち、山賊たちは、刀や槍を肩に乗せて道を行ったり来たりして落ち着きがない。

役人の一人が、篝火の明かりが届かない暗闇に気配を感じたらしく、

「んん?」

目をこらした。

闇から染み出るように現れた伝兵衛が、疾風《はやて》のごとく迫る。

「あっ！」

役人が声をあげた時には、伝兵衛は目の前に迫り、棒で腹を突いた。

「このや――」

気付いて槍を構えようとした山賊の頭を棒で打ち、気絶させる。

棒をくるくると回した伝兵衛が、次々と倒していく。

「むぅ」

「おげぇ」

「あぁ」

という呻き声が夜空に響き、たちまちのうちに静かになった。

篝火の中で、棒を下げて立つ伝兵衛の周りには、気を失った役人や盗賊たちが倒れている。

遅れてやってきた幸村が、背負っていた瑛を下ろし、膝に両手を当てて息を切らしている。

たった一人で十数名を倒し、息も切らさずに立っている伝兵衛に、瑛と秋は驚いた顔をしている。

「幸村殿、役人が戻らぬうちに行くぞ」

伝兵衛が言い、瑛と秋に顔を向ける。

「裾が気になろうが、着替えはここから離れるまで待て」

言われて、瑛は浴衣の襟を引き寄せ、秋は裾を閉じた。

「い、行きましょう、お嬢様」

秋が促して歩もうとした袖を瑛が引き、先に行く伝兵衛の背中に妖しげな視線を向けて小声で言った。

「噂どおり、凄腕ね。これからどうなるか楽しみだわ」

第三話　争奪戦

一

大御所吉宗は、西ノ丸の寝所で臥《ふ》している。

開け放たれた障子の外では日差しがきつく、松や榊《さかき》が、葉色を濃くしている。

虫よけの香の煙が揺らぎ、吉宗の足元に正座する者がいた。

気配に気付いた吉宗が、目を開けずに言う。

「宝山か」

「はい」

既に人払いをしている宝山は、吉宗のやつれた顔を見ぬようにして、視線を畳に向けている。

吉宗は目を開けた。

「伝兵衛が、戻ったのか」

宝山は頭を上げ、首を横に振る。

「箱根山に現れたようですが、江戸へは向かっておりませぬ」

「どこへ行った」

「分かりませぬ」

「余の言いつけを聞かぬは、記憶が戻っておらぬということか」

「都での暮らしをやめて箱根まで来たということは、記憶が戻り、隠していた龍眼を取りに来たのかもしれませぬ」

「何ゆえ余の前に現れぬ」

「女を二人箱根山で助け、姿を消しました」

「女？」

「はい」

宝山は膝を進め、吉宗の耳に入れた。

女のことを聞いた吉宗が、にわかに表情を曇らせ、宝山を見る。

「それはまことか」

「今、調べさせております」

「うむ。家重は知っているのか」

「お耳には入っておられるかと」

「では、出雲にも聞こえておろうな」

吉宗が言い、憂《うれ》い顔で天井を見つめた。

宝山が言う。

「出雲守は伝兵衛の命を狙っております。大御所様の前に参上せぬのは、争いごとを避けるためかもしれませぬ」

「伝兵衛を家重のそばに置けば、出雲の思惑《おもわく》は崩れよう。諸大名が家重を軽んじるようなことにせぬためには、出雲を疎《うと》み、忌《い》み嫌う幕閣の者たちとの争いを避けねばならぬ。出雲の言葉を幕閣の者たちが信じぬようになれば、将軍家の足元も危うくなる」

「果たして、伝兵衛が御用取次の大役を受けましょうか。そこが案じられるところにございます」

「あの者は余に逆《さか》らい、龍眼の秘薬で家重の病を治そうとまでした忠義者じゃ。家重のために、必ず受ける」

大御所吉宗はひどく咳《せ》き込んだ。

廊下で控えていた御典医が慌てて入り、吉宗の背中をさする。

「これ以上は御控えください」

そう言われて、宝山は頭を下げてさがろうとした。

「宝山」

吉宗に呼び留められ、宝山は座りなおした。

「伝兵衛が戻り次第、必ずここへ連れて参れ。よいな」

「ははぁ」

宝山は、吉宗の必死さに内心驚きながら、寝所をあとにした。


その頃本丸御殿では、朝の役目を終えた大岡出雲守が、江戸城本丸御殿にある自分の御用部屋に戻った。

裃《かみしも》を着けたままで上座の敷物につくなり、お付の者が昼餉を運んできた。

将軍家重よりも半刻遅れて摂《と》る食事であるが、金蒔絵が施された膳や器に負けぬ豪華な品の数々は、大岡のために支度されたものばかりだ。

煮鮑《にあわび》に鯛の塩焼き、雉肉《きじにく》などが皿にのせられているが、大岡はそれらには箸《はし》をつけず、茄子《なす》の糠《ぬか》漬けや胡瓜《きゅうり》の塩漬けをかじり、冷たい茶漬けを忙しく胃に流し込んだ。

空になった器を膳に投げ置く大岡の顔は不機嫌で、給仕の者が差し出した湯呑を口につけるなり、

「熱い！」

と、苛立ちの声をあげて膳に置いた。

「もうよい、下げよ」

膳を横にやり、給仕の者に命じた大岡は、

「伝兵衛め」

苛立たしく吐き捨て、立ち上がって文机に向かった。

ふてぶてしい顔で筆を走らせ、文《ふみ》を封じると、声をあげた。

「誰かある！」

声に応じて、側近の澤地《さわち》が下座に座る。

「お呼びでございますか」

「伝兵衛が箱根に現れおった」

澤地が驚いた顔を上げる。

「では、江戸に」

「江戸には向かっておらぬ。例の女どもを助け、行動を共にしておるようじゃ」

「なんと、では尾張へ」

「おそらくそうじゃ。女はどうでもよいが、伝兵衛が箱根に現れたということは、記憶を取り戻しておるやもしれぬ。これを、急ぎ京へ届けよ」

先ほど書いた文を投げたのを澤地が拾い、大岡の前から去った。

一人になった大岡は、恐ろしい形相をして言う。

「伝兵衛め、わしの邪魔はさせぬぞ」


大岡の文を持った使者は、次々と馬を替えながら東海道を上り、二日と半日の速さで京に到着した。

受け取った蓮は、文に目を通すなり、

「伝兵衛が熱海に出たよ」

まるで幽霊でも出たように言い、文を握り潰して彦一を睨んだ。

そばに控えている配下の女が、蓮の苛立ちを鎮めるために煙管《キセル》にたばこを詰めて火を着け、差し出す。

彦一を睨んだまま煙管を白い指に挟んだ蓮が、金細工を施した吸い口をくわえた。

緑の紅をひいた唇をすぼめて、煙をゆるりと吹く。

「やはり、生きていたようだね」

「…………」

「彦一、黙っていないでなんとかいいな」

蓮が責めるように言う。

これまで伝兵衛を見つけられずにいた彦一が、両手を畳についてすいと膝を進め、蓮が握り潰した文を拾って丁寧《ていねい》に広げて伸ばした。

向けられた無毛の頭に、たばこの煙を吹きかける蓮。

文に目を走らせた彦一が、顔を上げた。

蓮は、目を合わせようとしない彦一の顔に煙を吹きかけて、竹筒に吸殻《すいがら》を落とした。

煙に咳き込んだ彦一が、ぼそりと言う。

「熱海で、何をしていたのでしょうか」

「そんなことはどうでもいい。あたしらがすることはただ一つ、じじいの息の根をとめることだ」

「ごもっとも」

「分かっているなら、すぐに居所を突き止めて首を刎《は》ねな。いいかい、次はないからね」

「…………」

この日初めて目を合わせた彦一は、挑みかかるような目をしている。

「その目はなんだい」

蓮が煙管で叩いた。

彦一の額から一筋の血が流れる。

蓮は彦一の顎を摑み、真正面から顔を寄せた。

鼻が当たるほど近づけた蓮が、目を細める。

「いい目をしているじゃないか」

そう言うと、長い舌を出して彦一の頰を伝う血を舐めた。

目を見張る彦一の口に唇を近づけた蓮が、艶《つや》っぽい声で言う。

「あたしを喜ばせておくれ、彦一」

こういう時の蓮は、怒りに満ちている。逆らえば命はない。

恐れた彦一は、逃げるように立ち上がり、

「必ずや、仕留めてまいります」

血に染まる頭を下げて立ち去った。

二

この日、尾張名古屋《なごや》の城下町に入った伝兵衛は、幅十五間（約二十七メートル）はあろうかという広い道を通っていた。

先が見えぬほど遠くまで続いている広小路は、万治《まんじ》三年（一六六〇年）の大火によって町の七割が焼失したため、火除《ひよ》けのために広げられたものだ。

そこは、江戸の両国広小路《りょうごくひろこうじ》のように屋台が並び、町の人々の盛り場として栄えていた。

しかしながら、活気があるのはこの通りだけのようだった。

徳川御三家筆頭で、諸大名の中で最高の格式を誇る尾張徳川家六十二万石のお膝元にしては、なんとなく活気がない。

伝兵衛はそう思いながら歩んでいると、

「この辺りでよいか」

幸村が言い、立ち止まった。

広小路の真ん中でいきなり立ち止まったので、数人の町人が迷惑そうな顔を向けて

れ、伝兵衛に顔を向ける。

伝兵衛には、見覚えのある顔。

今は隠居の身だが、以前と変わらぬ目力で見据えられて、伝兵衛は居住まいを正して頭を下げた。

「尾張様。お久しゅうございます」

「うむ」

無愛想な顔で応じたのは、尾張前藩主の徳川宗春《むねはる》だ。

幸村は驚き、目を見張っている。

名君と謳《うた》われていた宗春は、若い頃、倹約令を巡って大御所吉宗と対立したこともある人物だ。

宗春は藩主時代、質素倹約令は民の暮らしを苦しめるだけだと批判し、尾張では独自に規制緩和を図り、領内の経済を発展させ、大成功を収めていた。

一方では、藩士に遊興禁止令を出すなど厳しい政策を打ち出しており、時に吉宗と幕府の先をいく政《まつりごと》をするなどして、朝廷からは、江戸よりも尾張を頼りにする風潮が高まっていた。

尾張藩は代々朝廷と繋がりがあるのだが、宗春は九条家に多額の資金を寄付するなど、関係を大切にしていた。それが災いし、幕府は、宗春の存在を疎むようになる。そして、宗春が参勤交代で江戸へくだった隙に、将軍直属の目付役である尾張藩附家老の竹腰正武《たけのこしまさたけ》が画策し、尾張領内の実権を奪ってしまった。

竹腰に与《くみ》した尾張の重臣たちによって、宗春が出していた経済政策はすべて白紙に戻され、幕府の倹約令に添った経済政策が発布された。

これにより、尾張の民は混乱を起こしてしまう。

竹腰らに実権を奪われ、その後吉宗から蟄居《ちっきょ》を命じられた宗春は、江戸から名古屋に送られ、三ノ丸の屋敷で長らく隠居生活をしている。

本来は、一切の外出を許されない身である。

それを知っている伝兵衛は、城外の屋敷に姿を現した宗春に驚いたのであるが、微《み》塵《じん》も顔に出さなかった。

伝兵衛の前に正座した宗春が、鋭い眼差しを向けた。

「さすがは御庭番じゃ。余の顔を見ても、眉一つ動かさぬ」

「いえ、驚いております」

伝兵衛は、両手を畳につき、頭を下げたまま言う。

「面《おもて》を上げよ、伝兵衛」

「はは」

伝兵衛は素直に従い、顔を上げた。

「伝兵衛、いつぶりじゃ」

「十年ぶりでございます」

「江戸城の本丸で一瞥《いちべつ》以来、十年か。互いに歳をとるはずじゃ」

「城から出られては、お咎《とが》めを受けまするぞ」

「伝兵衛」

「はは」

「江戸城西ノ丸のことは聞いておる。大御所とやりあうとは、たいした男じゃ」

「…………」

「案ずるな。隠居所には、余の影武者がおる。ここは、余が忍びで町に出る時に使う屋敷じゃ。大御所の息のかかった者は入らぬゆえ、ゆるりと休め」

「ほほ」

伝兵衛は、宗春の大胆さに感心して笑みを浮かべた。

伝兵衛は、御庭番衆として家重のそばにいた頃から、宗春に悪い印象を抱いていない。

大御所吉宗も名君の誉《ほまれ》は高いが、宗春もそれに劣《おと》らぬ政を領内でしている。質素倹約令で祭りや芝居などが縮小される中で、尾張だけは規制をかけず、民が喜ぶ政策を進めていく。

宗春自身も、白い牛に乗って城下に出るなど、民が喜ぶことをしてみせた。そして、罪人に対して死刑を行わず、厳しい罰で犯罪を止めるのではなく、犯罪が起きぬ世の中にする政策を考えた。

民に富をもたらすための政と、犯罪を起こさせぬよう、藩士による巡回を強化するなど、幕府とは違う道を進もうとしたのだ。

「蟄居の命に背かれてまで、民の暮らしを見て歩かれているのですか」

伝兵衛が訊くと、宗春は答えず、厳しい顔を庭に向けた。

「城下を見たか」

「はい」

「どう思った」

「………」

伝兵衛が黙っていると、宗春が顔を向けて言う。

「民は暗い顔をし、活気がなかったであろう」

「いささか」

伝兵衛は正直に答えた。

宗春が、再び庭に顔を向ける。

「余から城を奪った者どもと、当代宗勝《むねかつ》（宗春の従弟《じゅうてい》）のせいじゃ」

宗春の表情を窺い見た伝兵衛が、遠慮なく言う。

「どこか、嬉しそうに見えまするが」

すると宗春が、鼻で笑った。

「宗勝め、余と大御所を凌《しの》ぐ器の者よ。米の不作で藩の財政が苦しゅうなろうとも、自ら緊縮財政を打ち出し、領民を苦しめぬために増税をしなかった。宗勝が質素な暮らしをしていると知った領民たちは、殿さまがそうしているならと言って、進んで倹約をはじめたのだ」

「さようでございましたか」

「じゃが、財政というものは生きものじゃ。金を動かさねば死ぬ。苦しいからというて領地に金を落とさねば、領民が物を買わなくなる。商人たちは干上《ひあ》がり、結果、領内に金が回らなくなり、民は貧しくなる。今はまだよかろうが、じり貧となるのは目に見えておる。加えて、近年の凶作続きだ。これは尾張だけではない。日本中の米が足りぬ。大御所は幕府の力を保つため上様に税を上げさせようとしているらしいが、そんなことをいたせば、各地で一揆《いっき》が起ころう。なんとしても上様に踏ん張っていただかなければ、飢《う》え死にをする者が増える」

宗春に言われて、伝兵衛は内心はっとしていた。税を増やそうとしているのは大御所ではなく、大岡出雲守ではないかと思ったのだ。

将軍家重は、幼い頃の病の影響でうまく言葉がしゃべれなくなり、理解できるのは、幼い頃よりそばに仕えていた大岡出雲守と、伝兵衛だけだ。

家重は、出雲守をそばに置き、考えを老中たちに伝えさせていたが、うまく老中たちに伝わらないと、伝兵衛に嘆いたことがある。

つまりそれは、出雲守が大御所の意向を混ぜ、都合よく言葉を変えていたからだ。

伝兵衛は筆談を勧めたこともあるが、出雲守を頼りきっている家重は、角が立つと言い、筆を使わなかった。

民に優しい家重が規制を緩和し、幕府の財政を悪化させることを恐れた大御所吉宗は、伝兵衛が龍眼を使って作った秘薬で家重の病を治すことを阻止《そし》した。

伝兵衛はこれまでそう思っていたのだが、大御所吉宗が伝兵衛を江戸に呼び戻そうとしているのは、やはり、出雲守が将軍の力を利用して、権力を恣《ほしいまま》にしようとしているからではないのか。

となれば、一刻も早く江戸に帰らねばならない。

そう気付いた伝兵衛は、記憶を失っていたことを悔いたが、その考えは、すぐに変わった。隠れ御庭番の頭の遠藤兼一が、死する前に家重の病を治すなと言ったのは、病が治れば大御所吉宗に殺されることを警告しただけではなく、いずれ、出雲守の企みに大御所が気付き、伝兵衛を必要とする時がくると言いたかったのではないか。

遠藤は、出雲守の秘めた思いに気付いていたのかもしれぬ。

伝兵衛は宗春に言った。

「今の大御所様は、民にお優しい上様と、宗春様と同じお考えかもしれませぬ」

「そのようじゃな」

宗春があっさり認めたので、伝兵衛は驚いた。

宗春は一つ息を吐き、伝兵衛に顔を向けて言う。

「大御所は、病で弱気になっておるのだ。出雲守を抑えられぬことを情けなく思うておろう。早う江戸に帰ってやれ」

宗春はそう言い、庭に顔を向けた。

伝兵衛は、吉宗に戻れと言われていることをなぜ知っているのか訊こうとしたが、宗春が先に口を開いた。

「伝兵衛」

「はは」

「瑛と秋が、世話になった」

伝兵衛は、この屋敷に入った時からもしやと思っていたことが当たり、頷く。

「あの二人は宗春様の手の者でございましたか」

「伊賀《いが》の忍びじゃ。そちが西ノ丸で騒動を起こしたと聞き、江戸城に忍び込ませていた。龍の眼を、探させるためじゃ」

言われて、伝兵衛は目を細める。

「さすがは宗春様、龍眼のことをご存じでしたか」

「余は、御三家筆頭の尾張徳川家の血を引く者ぞ。紀伊《きい》の出である吉宗とは違い、龍の眼の真の使い道も、知っている」

目を見張る伝兵衛の前で、宗春が幸村をじろりと睨む。

「国豊寺の者どもの秘密もな」

幸村が刀を掴んだので、控えていた宗春の家来が刀の鯉口を切った。

「ここで我らが斬り合うたところで、民の苦しみは癒えぬぞ」

宗春が落ち着き払った声で言い、家来を手で制す。

家来たちが刀の柄を押して鞘に納めると、幸村も刀から手を離した。

幸村が宗春に訊く。

「国豊寺の、何を知っておられる」

「すべてじゃ。そちが豊臣の血を引き継ぐ者であること、そして、財宝のことも」

幸村が意外そうな顔をする。

「我らはこれまで秘密にしてきた。血の繋がる者以外に話したのは伝兵衛が初めてだ。どうやって調べた」

「口のききかたに気を付けろ」

家来が怒ったが、宗春が止める。そして、幸村に言った。

「調べてなどおらぬ。豊臣の財宝のことは、縁のある公家から伝えられた。徳川宗家も、公儀と繋がりの深い附家老も知らぬことだ。伝兵衛」

「はは」

「この者と行動を共にしているということは、龍眼を持っているのか」

伝兵衛は答えなかった。

幸村が宗春に訊く。

「龍眼の秘密も、公家から聞かれたのか」

宗春は答えず、幸村を見据えた。

「龍眼が財宝の秘密に絡んでいる、とだけは知っている」

幸村が目を見張る。

「我らだけだと思っていたが、まさか、公家が知っていようとは」

「不思議なことではない。豊臣は、徳川よりも公家との繋がりが深かったのだ。龍眼のことは家康公が奪われたことは知っていたが、秘薬に使われたとの噂もあり、既にこの世にないものと諦めていた。だが、伝兵衛が騒動を起こしてくれたお蔭で、存在を確信した。それゆえ、瑛と秋を江戸城に送り、探させていたのだ」

江戸城西ノ丸の奥御殿に女中として潜入した瑛と秋は、龍眼が見つからないことと、伝兵衛が生きていることを突き止め、龍眼は伝兵衛が持っているとの情報を得た。

大御所吉宗の寝所に出入りする者との会話を盗み聞いて得たことだが、宗春に報せるべく城を去ろうとした時、宝山に疑われて捕らえられそうになったのを振り払い、逃げていたのだ。

話を聞いた伝兵衛が、嘆息する。

「その二人と箱根で出会うとは。幸村殿といい、龍眼を探す者と出会うのは、偶然にしては出来過ぎていますな」

宗春が、この日初めて笑みを浮かべた。

「人の行動というものは、計り知れぬところがある。偶然と思うていても、見えぬ力が働き、導かれていたということはあるものよ。そちが幸村と出会ったのも、瑛と秋に出会い、余の前に現れたのも、すべては、仏の導き、いや、龍眼の導きとは思わぬか」

「それゆえ宗春様に、財宝を渡せとおっしゃりたいのですか」

伝兵衛が、油断のない顔で言う。

宗春は、じっと伝兵衛を見据えた。

「余は、今こそ豊臣の財宝を放出し、民のために使う時だと思うておる。凶作に喘《あえ》ぐ者にこそ財を与えて生かしてやれば、民は潤《うるお》い、この国は明るくなるとは思わぬか」

「はい」伝兵衛が頷く。

「それはわたしも同じ考え」幸村が口を挟んだ。「しかしながら、民のために財宝を使うのは徳川にあらず、豊臣の財宝は渡しませぬ。伝兵衛、先を急ぐぞ」

幸村は立ち上がった。見上げる伝兵衛に、苛立ちの声をあげる。

「伝兵衛、このまま龍眼を持っていても、おぬしにも、こちらの御隠居にもどうすることもできぬぞ」

幸村はそう言い放ち、部屋から出て行ってしまった。

「伝兵衛、あの者のいうことはまことか」

「何か、仕掛けがあるようでございます」

「その仕掛け、余に教えてくれぬか」

豊臣の財宝は、人助けをする幸秀が使うべきだと思っていた伝兵衛は、宗春に両手をついて頭を下げた。

「残念ながら、存じておりませぬ。これにて、失礼つかまつる」

伝兵衛は、宗春の顔を見ずに立ち上がり、去ろうとしたのだが、家来が立ちはだかった。

伝兵衛がじろりと睨み、

「お通しいただきたい」

気迫を込めて言うと、家来が睨み返した。

「通してやれ」

宗春に言われた家来が、伝兵衛を睨んだまま場を空けた。

伝兵衛が宗春に向くと、宗春は庭に目を向けたまま、行け、という仕草をした。

家来を見た伝兵衛は、油断なく廊下を歩み、幸村を追って外へ出た。

伝兵衛が去ったあと、微動だにせず庭を眺めている宗春。そのそばに、何処からともなく瑛が現れて座った。

「聞いていたか」

「はい」

「国豊寺の幸秀和尚が都の民や朝廷のために財宝を放出すれば、豊臣に与する者が出て来よう。そうなれば、江戸は黙っておるまい。天下が再び二つに割れることはないにしても、大きな騒動となろう」

瑛が、鋭い目をした。

「二人を殺しますか」

「まずは、財宝の在処《ありか》を突きとめよ。幸秀に使わせてはならぬ」

「はは」

宗春の瞳の奥には、この世を戦火の渦《うず》に包んではならぬという、強い決意が宿っている。

去ろうとして立ち上がった瑛の目つきが、急に鋭くなった。

腕を振り、暗い庭に苦無《くない》を擲《なげう》つ。

闇の中に金属がぶつかる音が響き、火花が散った。

「去ったか」

宗春が言うと同時に、家来が追おうとしたが、

「無駄じゃ」

宗春が止めて目で気配を追い、ぼそりと言う。

「出雲の手の者か」

「おそらく」

瑛が応じた。

「財宝の秘密を知られてしまったか」

宗春が嘆息をもらす。

「わしとしたことが、油断した。年寄りと若造では、龍眼を奪われるやもしれぬ。あの二人を、出雲守から守ってやれ。そして、財宝を手に入れるのだ」

「かしこまりました」

頭を下げた瑛の唇に、薄い笑みが浮かんだ。

三

大岡出雲守は、屋敷の寝所で休んでいたのだが、気配に目を開けた。

蚊帳《かや》の外にある有明行灯《あんどん》の薄明かりの中に、女の影がある。

「蓮か。里見影周を討ったか」

「いえ」

出雲守が起き上がり、厳しい顔を向ける。

「では、何ゆえ戻った」

「直々に、お耳に入れたきことがございます」

「うむ、ちこう寄れ」

出雲守に許された蓮が、行灯の火を消して立ち上がる。

肩からはらりと着物を落とし、全裸となった女体の影が、月明かりに浮かぶ。

出雲守は唇を舐め、浴衣を脱いで横になる。

蚊帳をくぐった蓮は、出雲守の足先から舌を這わせながら身体を重ねた。唇を合わせ、耳元に舌を這わせる。

男を身体に受け入れながら、耳元でささやいた蓮の言葉に、出雲守は目を見張った。そして、出雲守の上で腰を沈めている蓮の頬を両手で包んだ。

「今の話、まことか」

「は、はい」

狂おしげな声で応じた蓮が、出雲守に抱きつき、耳たぶを噛む。

「愛《う》い奴じゃ」

出雲守は、月明かりに浮かぶ蓮の白い肌の美しさに魅了され、しばし我を忘れた。

髪を乱した蓮が、煙管に火を着けて渡すのを受け取った出雲守は、煙草《たばこ》を吹かした。

胸に寄り添う蓮の肩を抱いた出雲守は、これからのことを考え、くつくつと笑いはじめた。

妖艶な目を向ける蓮に、出雲守が言う。

「天下を我が物とした豊臣秀吉が残した財宝は、大坂の陣で使い果たしたと言われていたが、隠していたとはな。その財宝は、今の幕府の蓄《たくわ》えをはるかに上回るやもしれぬ」

「殿が手になされたあかつきには、いかがなさいます。徳川に代わり、天下人になられますか」

「世の不況により、諸藩は借財の返済に喘いでおる。それらに金をばらまいて従わせれば天下も夢ではなかろうが、それよりも、老中どもに甘い汁を吸わせて手懐《てなず》け、上様の威光を借りて天下に号令するほうが、もっとも容易《たやす》い」

「それは妙案」

「大老になれば、わしの天下も同然よ。そのあかつきには蓮、そちを側室にしてやってもよいぞ」

蓮は笑みを浮かべ、出雲守に寄り添った。

「嫌か」

「嫌ではございませぬ。嬉しゅうございます」

「ならば、必ず財宝を手に入れよ。それまで、伝兵衛は生かしておけ」

「わたくしに万事お任せを。既に京へ手の者を向かわせております」

「さすがは蓮じゃ。ぬかりがないのう」

煙草の灰を落とした出雲守は、再び蓮を抱こうとしたのだが、蓮はすっと立ち上がり、着物を着た。

「ただちに京へ戻り、財宝と伝兵衛の首を手にして参ります」

蓮はそう言うと頭を下げ、風が吹き抜けるように去っていった。

大の字になった出雲守は、天井を見つめているうちに、既に天下を我が手中にしたかのように、布団の中で笑いはじめた。


東海道を歩いていた伝兵衛と幸村は、近江《おうみ》の水口《みなくち》宿にさしかかっていた。

水口藩加藤《かとう》家の城下である水口宿は、本陣と脇本陣がそれぞれ一軒ずつ、旅籠が四十一軒ある宿場であるが、鈴鹿山《すずかやま》の峠《とうげ》を越える旅人のほとんどは二里二十五町（約十キロ）東へ離れた土山《つちやま》宿に泊まるため、足を止める客が少ない。

そのためか、旅籠の女たちは強引な客引きをする者が多く、昼を過ぎて東へ向かう旅人を見るや、胸ぐらを捕らえ、客の良いも悪いも聞かぬうちに家の中へ引き込む。

健脚の伝兵衛と幸村は、難所の鈴鹿峠を涼しい顔で越えて、草津《くさつ》まで一気に戻るつもりでいたのだが、旅籠の女たちに目を付けられた。

宿場を歩いていた伝兵衛の目の前に現れた恰幅《かっぷく》のいい女が、がっと胸ぐらを捕らえ、

「爺さま、足がよろけているじゃないの。どこまで行きなさるかね」

と、訊く。

伝兵衛は相手にしなかった。

「離さぬか」

そう言って女の手を離そうとしたが、肉付きのよい手は、伝兵衛の胸ぐらを摑んで離さない。

「むっ。離せこの」

伝兵衛はむきになったのだが、伝兵衛よりも背が高くて大柄の女に優しげな笑みを浮かべ、

「あたしが旅の疲れをとってあげる」

などと言い、

「えい」

掛け声ひとつあげて伝兵衛を肩に担ぎ上げ、旅籠に走り込んだ。

「お泊まりぃ！」

女が言い、上がり框に伝兵衛を下ろして座らせると、有無を言わさず草鞋《わらじ》を取ろうとする。

「よせと言うておろう」

伝兵衛は抗《あらが》ったのだが、面白がった幸村があとから入り、

「世話になる」

と言って、伝兵衛の横に座った。

女に抗いながら、伝兵衛が顔を向ける。

「おい、何を言うておる。ゆっくりしている暇はないのだぞ」

「一晩くらいよいではないか。ここで休んでも、明日の夕暮れまでには寺に戻れる」

「ばかを――」

幸村が伝兵衛を手で制し、格子窓から外の様子を窺う。

旅籠の物陰に隠れてこちらの様子を窺う瑛と秋がいる。

「どうする、伝兵衛」

幸村が言い、振り向くと、伝兵衛は頭を女の腕に抱え込まれ、手拭《てぬぐい》で顔を拭かれていた。

女の豊満な胸に頬を潰している伝兵衛を見て、幸村は大笑いした。

「伝兵衛、さてはおぬし、まんざらでもないな」

目に涙を溜めて幸村が言う。

「ほれ、きれいになった」

女にようやく離された伝兵衛は、苦笑いをしてあぐらをかき、出された白湯《さゆ》を一口飲むと、幸村をちらりと見る。

「叔母上には、内緒にしてくれ」

「ほほう、瑛と秋から逃げるためだとでも言うのか」

「そのとおりじゃ」

「嘘をつけ」

「嘘ではない。ついでに、出雲守の手の者も、な」

伝兵衛が言い、別の窓を顎で示す。

「ああ？」

幸村が眉間に皺を寄せて近づく。

「市女笠《いちめがさ》の女か」

「いや、天秤棒を担いだ青物売りの女だ」

伝兵衛の言うとおり、天秤棒を担いだ女が、道端で旅籠の者と話しこんでいる。

一見すると、市女笠を被り、旅籠の軒下に立っている女が怪しいのだが、程なくして男が現れ、市女笠の女は東に歩み始めた。

その男女が通り過ぎる時、青物売りの女が一瞬だけ鋭い目を向けてきた。

男と女がその女の前を通り過ぎると、何ごともなかったように旅籠の者と話をしている。

幸村は伝兵衛のそばに歩み寄った。

「確かに怪しい女がいる」

「出雲守の手の者だ」

「どうする」

「夜を待って、こっそり抜け出すしかあるまい」

「そうだな」

二人が話を決め、世話をしてくれた宿の女を手招きした。

「宿代を先に払っておきたいのだが」

「あい」

身体に似合わぬ可愛らしい声で女が応じた時、

「四人分でいくらかしら」

大柄の身体の後ろで声がした。

「へ？」

宿の女が振り向く。すると、瑛が立っていた。遅れて入った秋が伝兵衛を見て、

「おほほほ」

と、作り笑いをする。

伝兵衛と幸村が驚いて顔を見合わせる。

伝兵衛が阻止しようと口を開こうとするのを制するように、瑛が注文を付けた。

「四人同じ部屋にしてちょうだい」

宿の女は満面の笑みで応じた。

「あぁい。ご案内ぁぃ」

大きな尻を段梯子の両端に擦りながら、二階へ上がる。

「どういうつもりだ」

幸村が怒った顔で訊く。

「お話は上で」

瑛が真顔を向けて言うと、先に上がるように促す。

四人を二階の部屋に案内した旅籠の女が下へ行くのを待って、瑛と秋が伝兵衛に頭を下げた。

「なんの真似だ」

問う幸村に、瑛が言う。

「お二人が殿の屋敷を去った後、曲者が潜んでいたことが分かりました」

「なに、出雲守の手の者か」

訊く伝兵衛に、瑛が頷く。

「取り逃がしましたが、おそらく。殿からお二人をお守りするようにと命じられ、密かについて参りました」

「確かに、怪しい者はいるが」

言った幸村が、瑛に鋭い目を向ける。

「うまいことを言うて、我らを騙す気であろう」

「寝首をかいて龍眼を奪うようなことはいたしませぬ。こうして部屋を同じにしたほうが、守りやすいからでございます」

「いらぬ世話だ。名古屋へ帰れ」

幸村がつっけんどんに言う。

伝兵衛は、笑みを見せた。

「ま、いいではないか、幸村殿」

「伝兵衛、何を言う。この者たちは龍眼が目当てなのだぞ。共にいたのでは寝られぬ」

「宗春様が龍眼を奪えとは言われまい。奪ったところで財宝にありつけぬのは、分かっておられよう」

「そのとおりでございます。殿は、二人の命を守り、財宝を手に入れよと、お命じになられました」

瑛が包み隠さず言ったので、伝兵衛は驚いた。

「どういうつもりじゃ。何を企《たくら》んでおる」

「何も」

瑛が伝兵衛を見据えて言う。

忍びの瑛が宗春を裏切ることはないはず。

意図が分からぬ伝兵衛は、探る目を向けた。瑛は目線を受け止め、見返してくる。

その瞳の奥に真意を見たような気がした伝兵衛は、幸村に顔を向けた。

「幸村殿、外では出雲守の手の者が隙を狙っておる。ここは、一人でも多いほうがよいと思うが」

幸村は不服そうな顔を向けたものの、

「おぬしが言うなら、それでもよい」

最後は折れる形で話がついた。

「そうと決まれば、腹ごしらえじゃ」

伝兵衛は階下に向かって手を打ち鳴らし、顔を覗かせた女に笑みで頼んだ。

「早めに夕餉を頼みますよ」

「あぁい。お酒はいかがしますか」

「そうじゃな、四、五本、つけてもらおう」

「あい、あい」

嬉しそうに応じた女が去り、大声で板場に注文を入れている。

伝兵衛は、襖を開けて隣の空き部屋に入り、窓の障子を少しだけ開けて通りを見た。

下で見張っていたのは蓮の手下だ。

青物売りの女忍びは、二階の障子が少しだけ開けられたのを見逃さず、旅籠の者との世間話を断ち切ると、その場を立ち去った。

四

「首尾は」

「今夜は、しの屋に泊まるようです」

手下の報告に満足した彦一は、右の目を細め、したり顔をする。

「伝兵衛を殺して龍眼を奪い、豊臣の宝を手に入れてくれる」

すると、蓮の女忍びが異を唱《とな》えた。

「お頭の指示を待つべきでは」

彦一が、じろりと睨む。

「そのお頭が、伝兵衛の首を取って来いと言われたのではないか」

「それは京にいた時のこと。今は事情が違います」

「わしは次がない。悠長なことを言うてはおれぬ」

彦一がそう言うと、黙って酒を呑んでいた男が顔を上げた。髭面に、悪巧《わるだく》みを秘めた笑みを浮かべる。

蓮の女忍びはこの男が嫌いらしく、しの屋を見張ると言って出て行った。

髭面の男が女忍びの後ろ姿を見て、唇を舐める。

「いい尻をしてやがる」

「手を出すなよ。お頭に殺されるぞ」

彦一が言うと、髭面の男がばかにした顔を向けた。

「恐ろしいので？　お頭が」

彦一が殺気立った顔をした。

「鬼六《おにろく》、もう一度言ってみろ」

手の平を見せて拒んだ鬼六が、髭面に笑みを浮かべる。

「では小頭《こがしら》、お宝を手に入れて、お頭の鼻をあかしてやりますかい。豊臣の宝が本当にあれば、なんだってできますぜ」

彦一は秘めた思いがあるのか、鬼六に顔を近づける。

「わしもそれを考えていたところよ」

鬼六が目を輝かせた。

「では、やりますかい。おれは、女に使われるより、小頭のほうがいい。ここにいる皆が、そう思っていますぜ」

彦一が見回すと、手下の男たちが頷いた。

気分がよくなった彦一が、鬼六に言う。

「お頭のばかっ高い鼻をへし折って、泣きべそをかく顔を眺めながら、股ぐらにわしの一物をぶち込んでやるわい。ぐふ、ぐふふふ」

彦一が己の股を摑み、黄ばんだ歯を見せて不気味に笑う。

手下どもが一緒になって笑い、鬼六が言った。

「それじゃあ小頭、わしらは今夜、宗春の女忍びをいただきますぜ」

「すきにせい」

「こいつは、楽しみになってきた」

鬼六が鎖鎌《くさりがま》の鎌を顔の前に上げ、嬉々とした目を鋭い刃に向けた。

「今夜伝兵衛をやるが、まだ間がある。今のうちに休んでおけ」

彦一は睨むように言うと、徳利の酒をがぶ呑みした。

囲炉裏《いろり》で炙《あぶ》られている山鳥の肉を嚙みちぎり、卑猥《ひわい》な笑みを浮かべて食べている。

――数刻後。

彦一は、占領していた農家の夫婦を手下に殺させ、宿場に向かった。

しの屋の裏手に到着した彦一の一味。

見張っていた蓮の忍びが、中にいると教える。

彦一が手で指図するや、手下が躊躇《ちゅうちょ》なく板塀を越えて忍び込み、くぐり戸を開けた。

待っていた手下たちが中に消え、彦一は最後に入る。

伝兵衛たちの部屋は二階だ。

彦一は鬼六と数人の手下を旅籠の中に忍び込ませると、伝兵衛たちの逃げ道を塞ぐため、五人の手下を率いて屋根に上がった。

伝兵衛の部屋に屋根から近づき、鬼六たちが踏み込むのに合わせて窓から入る寸法だ。

段梯子を上がった鬼六が、手下に襖を開けさせた。と同時に部屋に押し入り、四つ並んだ布団を囲む。

「むっ」

布団はもぬけの殻だった。

「くそ」

鬼六が布団の中に手を差し入れる。

「まだ温かい」

そう言うと、窓の障子を開けて顔を出した。

「小頭逃げられた。近くにいるはずだ」

「くそ」

待ち構えていた彦一が、辺りを見回す。すると、裏口を固めさせていた二人の手下が襲われて倒れた。同時に、裏の路地へ駆け出す人影がある。

「いたぞ。逃がすな」

彦一は叫び、屋根から飛び降りた。

路地を走る彦一の背後で、鬼六が旅籠の屋根伝いに走っていく。

「さっそく来たぞ」

伝兵衛が言い、皆を急がせた。

宿場を抜け、田圃《たんぼ》のあぜ道を走って逃げる。

伝兵衛は幸村と瑛たちを先に行かせ、最後尾につく。

足の速い敵が追いついてきた。

投げられた苦無が空を切って飛んでくるのを小太刀で弾《はじ》いた伝兵衛は、小柄を投げる。

敵は小柄をかわし、更に追ってきた。

「打ち合わせどおりに」

伝兵衛が後ろから声をかけると、幸村と瑛と秋は街道を走っていく。

狙われているのは自分だと分かっている伝兵衛は、立ち止まった。

追ってきた敵が地を蹴り、宙を舞って伝兵衛を跳び越し、逃げ道を塞ぐ。

「ほほ、やりおる」

伝兵衛は、余裕の顔で言う。

黒の忍び装束に身を包む敵は、覆面のあいだの顔を黒く塗り、忍び刀も黒くしているので、まるで影が立っているようだ。

背後で伝兵衛を囲い込むように回る敵の気配を察しつつ、伝兵衛は目の前の敵と対峙している。

忍び刀を逆手に持った敵が、身体を低くして構える。

——かなりの遣い手。

そう見た伝兵衛は小太刀を両手に握り、油断なく構えた。

一陣の風が吹き、花をつけた稲穂を撫《な》でる音がする。

風がやむと、稲穂の中から敵が現れ、伝兵衛との間合いを詰めてくる。

「死にたくなければ、大人しく龍眼を渡せ」

対峙していた敵が言った。

「なるほど、どうやら勝ち目はないようじゃ」

伝兵衛はため息混じりに言い、小太刀をくるくると回して腰の鞘に納めた。龍眼を入れている懐に手を滑り込ませ、布包みを取り出す。

「ほれ、渡すから去れ」

伝兵衛が言うと、敵が手を差しだした。

「投げろ」

伝兵衛は、言われたとおりに包みを投げた。

「ほい」

投げた包みの端を指で摑み、ぱっと振り回す。中から数個の玉が飛び出し、伝兵衛の周囲で閃光が瞬いた。

「うお」

夜目を利かすために瞼《まぶた》を見開いていた敵たちが、瑛が伝兵衛に渡していた白光玉の強烈な光にやられて呻いている。

伝兵衛は気配を消し、対峙していた敵の横を駆け抜けた。

あとから来た彦一が、目を潰されて呻いている手下を見て唾を吐き捨てた。

「くそじじいめ、逃げられると思うな。行くぞ、鬼六」

「おう」

彦一は、残っている手下を率いて伝兵衛を追う。

伝兵衛は、待っていた幸村に追いつき、

「奴ら、まだ追ってくる」

そう言うと、辺りを見回した。

上を見れば、木々のあいだから光をちりばめた星空が見える。

「きりがない。待ち受けて斬るか」

幸村が言ったが、伝兵衛は先を急がせた。

山に囲まれた道に入ると、伝兵衛は秋の荷物を預かり、

「あとで追いつく。幸村殿、これを」

懐から龍眼を出して渡した。

星空の下でも赤い輝きを放つ龍眼を見た瑛と秋が、瞠目《どうもく》している。

「伝兵衛、これを渡してどうする気だ」

幸村が不安げに訊くので、伝兵衛が背中を押して言った。

「敵の狙いはわしと龍眼だ。ここはわしに任せて行け」

「何を言う」

「民のために使う宝を、敵に渡すわけにはいかぬであろう」

「それなら――」

幸村は何かを言いかけたが、背後で合図の口笛がした。

伝兵衛は幸村と瑛たちを押して行かせ、山に入った。

夜道を追っている彦一は、道を曲がったところで気配に気付き、皆の足を止めた。

刀を抜き、慎重に歩みを進める。

すると、木陰に身を潜めている者の姿が目に入った。

夜目が利く彦一には、縞《しま》模様の着物を着た者が木陰に隠れ、こちらの様子を窺っているのが見える。

彦一に、そばにいる弓手の肩を摑み、木陰を指差した。

頷いた弓手が、矢を番《つが》えて引き、狙いを定めて射た。

山の斜面に吸い込まれた矢が、見事に命中する。

人影は木陰から離れ、斜面を転がって道へ落ちた。

立ち止まっていた彦一は、気配が消えたのを察すると、手下を確認に向かわせる。

弓手は、援護のために矢を番えて引き、確認に向かう仲間の周囲を警戒した。

道に倒れている者のそばまで歩んだ手下は、一度周囲に目を配り、倒れている者に視線を落とした。

女物の着物。

そう思った刹那《せつな》、矢が刺さっているのは丸太だと気付いて目を見張る。

彦一に報せようと振り向いた時、目の前に黒装束の男が現れた。伝兵衛だ。

「うっ」

目を見張った手下が刀を振り上げた。と同時に、伝兵衛は身体を転じる。

うなりを上げて飛んできた矢が、手下の喉を射抜いた。

援護していた弓手が、伝兵衛が現れたので矢を射たのだが、伝兵衛が寸前でかわしたため仲間に当たってしまったのだ。

「追え！」

怒りの声をあげた鬼六が走ろうとしたが、彦一が腕を摑んで止めた。

「元御庭番の腕前、とくと見ておれ」

したたかに言い、追って行く手下たちを見ている。

五人の手下は、いずれも手練れ。

彦一は、一度も剣を交えたことのない伝兵衛の腕を、見極めようという腹だ。

逃げもせず、小太刀を抜いて待っていた伝兵衛は、敵が来る直前で山の中へ駆け込んだ。

追って入る彦一の手下。

地を蹴り、木に跳び上がると、枝を蹴って木から木へと移動する伝兵衛。

彦一の手下も付いてくる。

伝兵衛の背後に迫り、忍び刀で斬った。が、伝兵衛はまるで、幻のように消えた。

「うっ」

伝兵衛が消えたのではなく、足場にした木の枝が切られていたので、彦一の手下は落下したのだ。

木に跳び移った伝兵衛は、樹をくるりと回って小太刀を振るい、追ってきた敵の足を斬った。

悲鳴を上げて落下する敵を見もせず、追ってくる敵に向かって跳ぶ。

空中で交差し、三人目の敵は腕を斬られて落ちた。

残りの二人は左右に分かれ、同時に襲ってきた。

左の敵は伝兵衛の胴を、右の敵は首を狙って刀を突いてくる。

伝兵衛は小太刀で二人の刀を受け、その力を利用して刃を滑らせた。

伝兵衛の前で交差した手下の切っ先が、互いの身体を貫く。そして、空中でぶつかった手下たちは、もつれあうように落ちていった。

大木の枝の上に立ち、下でもがき苦しむ敵の気配を感じた伝兵衛は、一つ大きな息を吐き、その場から去った。

お手並み拝見とばかりに見ていた彦一が、鬼六に言う。

「見たか」

「まるで天狗《てんぐ》のようです。御庭番が、これほどまでとは」

「わしも驚いている。あのじじいは別格のようだ。まともに戦って勝てる相手ではない」

「どうする気で？」

「ここは賢くいかねばなるまい」

彦一が思考を巡らしているところへ、蓮の女忍びが来た。

身体にぴたりと張り付くような黒装束をまとっている女忍びの姿を、鬼六が舐めるように見ている。

鬼六の視線を軽蔑《けいべつ》した女忍びは、彦一に目を向け、不機嫌に言う。

「お頭の指示を待たぬからこのざまだ。逃がしてしまって、どうする気だ」

「さて、どうするか。何か良い手はあるか」

「知らないよ。あたしはお頭に報告するために、名古屋まで引き返す」

「さようか」

彦一は女忍びを見た。

「残念だ」

そう言った刹那、女忍びの肩を毒針で刺した。

一瞬のことで、女忍びは避けようがなかった。

「うっ」

女忍びは、短い声をあげる。

「な、何をした」

「ふっふっふ。身体が痺《しび》れて動くまい」

彦一は得意げに言うと、女忍びを抱き寄せて、顔を舐めた。

胸を指一本で押すと、身体が硬直している女忍びが仰向けに倒れた。

片膝をついた彦一が、動けない女の身体を触り、立ち上がる。

「鬼六、この女の始末は、お前たちに任せる。次の宿場で待っているぞ」

彦一がそう言って去ると、嬉々とした顔の鬼六が女忍びをまたいで立ち、黒装束を剝ぎ取った。

女の悲鳴が木霊《こだま》となって、遠く離れた場所を駆けている伝兵衛の耳に届いた。

立ち止まった伝兵衛は、振り向いて耳を澄《す》ました。だが、しばらくしても女の声はしなかった。

「外道め」

伝兵衛は吐き捨てるように言い、先に行った幸村たちを追って山中を駆けた。

五

追っ手を警戒しつつ夜通し街道を上った伝兵衛は、昼前に幸村たちと落ち合うことになっている草津宿に入った。

草津は、中山道と東海道の追分が近くにあるため、たいへんな賑わいを見せている。

旅人や町の者が行き交う道は混雑し、追っ手がいても見分けをつけるのが難しい。

伝兵衛は背中を丸めて目立たぬようにして、待ち合わせ場所へ急いだ。

伊吹《いぶき》屋という旅籠は、箱根湯本に行く時に休んだ宿だ。伝兵衛がそこへ入ると、待っていた幸村が顔を見るなり、

「人を斬ったな」

と、目を見つめて言う。

「いやな顔をしているか」

「これまで見たことがない目付きだ。何人斬った」

「殺してはおらぬ。が、敵は仲間割れをしているかもしれぬ。女のいやな悲鳴を聞いた」

伝兵衛は茶瓶の茶を湯呑に注いで、喉の渇きを潤すと、窓から外の様子を窺った。

幸村が訊く。

「奴らはどうした」

「数人は倒したが、他にもいた。尾行はついていないはずだが、油断はできぬ。まだ日は高いが、ここに潜んで様子を見るか、一気に伏見まで行くか、どちらがいい」

「物売りに化けて見張っているかもしれぬ。一気に戻ろう。琵琶湖《びわこ》の渡し船を使えば、大津《おおつ》まで一里節約できると宿の者が教えてくれた」

幸村が言って立ち上がり、瑛と秋が続いた。

「渡し船か」

伝兵衛は考えたが、街道を行くよりは安全だと思い、承諾《しょうだく》した。

宿を出て、幸村の案内で琵琶湖に行く。

矢橋《やばせ》の渡し船は帆掛け船だった。大津までの近道と疲れた足を少しでも休ませようとする女連れの旅人が多く利用していて、船着場は混雑している。

「これでは街道を回った方が早かったか」

幸村が苦笑いをした。宿の者は、幸村が瑛と秋を連れていたので、船を紹介したのだろう。

伝兵衛たちは半刻ほど待ってようやく船に乗り、琵琶湖の波に揺られながら大津へ向かった。

船は旅人で満員だ。伝兵衛たちは船尾に車座となり、目立たぬように静かにしていた。

生ぬるい風が船上に吹きつけ、船乗りたちが北の空を気にしている。

「ひと雨来そうだな」

近くの旅人が言い、不安そうに空を見ている。

北の空には真っ白い雷雲が湧き上がり、てっぺん付近は西の陽射しを浴びて赤く染まっている。

大津まで、まだ半分以上はある。

雨雲が発生させる追い風を受けて船は足を速めているのだが、伝兵衛には妙に遅く感じられた。

遠くで稲妻《いなずま》が走り、雷鳴が轟《とどろ》いた。

白かった雲は黒雲に変化し、雲の下は滝のように霞《かす》んでいる。

その雲はまたたく間に近づき、船上に大粒の滴《しずく》が落ちたかと思えば、滝のような雨が降りはじめた。

船上では身を隠す場所がない。

客から悲鳴があがり、誰もが荷物を濡らすまいと身を屈めている。

その客たちの中から、すっくと立ち上がる者がいた。饅頭笠《まんじゅうがさ》を着けた旅の僧侶だ。

伝兵衛は、土砂《どしゃ》降りの雨に目を細め、警戒する。

「幸村殿、わしの後ろへ」

伝兵衛が言って立ち上がると、僧侶は錫杖《しゃくじょう》を左手に持ち替え、仕込み刀を抜いた。

雨に打たれて下を向いている乗客たちは気付いていない。

僧侶は身を屈めている乗客の肩を踏み台にして跳んだ。

「ええい！」

豪雨の音に負けぬ気合を吐き、襲いかかってきた。

伝兵衛は幸村を後ろに突き飛ばし、刀を振り下ろす敵の間合いに跳び込んで腕を摑み、背負い投げにする。

船縁の板が割れるほど身体を強打した敵は、何ごともなかったように立ち上がり、饅頭笠を取って捨てた。
琵琶湖に饅頭笠が飛んでいく。
刀を抜いている敵に気付いた乗客が悲鳴をあげ、船首の方へ逃げた。
帆掛け船といっても小さな船だ。
乗客が船首に集まったせいで船が前のめりになり、しぶきが甲板を洗いはじめている。
船乗りたちが、沈むと言って怒鳴り、客を後ろへ行かせようとしている。
伝兵衛が敵に言う。
「このままでは船が沈む。大津まで勝負を預けぬか」
だが、髪も眉もない敵は、鋭い眼光を向け、鉄漿《おはぐろ》をむき出しにして襲いかかってきた。
伝兵衛が小太刀に手を掛けた時、横槍が入った。
瑛が赤い紐を投げ、敵の足に絡めて引き倒したのだ。
「むう」
倒れた敵が刀を振るって切ろうとしたところへ、秋の紐が飛び、手の自由を奪った。

瑛と秋は紐を自在に操り、敵の身体に巻きつけて自由を奪っていく。

「うおお！」

怪力をもって紐を押し切らんと声をあげた敵の背後に回った瑛が、船に置いてあった棍棒で頭を殴った。

白目をむいた敵が気絶すると、乗客から歓声があがった。

瑛が秋と顔を見合わせて、得意顔で戻ってくる。

伝兵衛は幸村と笑みを交わし、瑛と秋に言った。

「さすがは宗春様の忍び、大した腕前じゃ」

「こんなこと、なんでもないことですわよ」

雨を顔に弾かせた瑛がつんと顎を上げて言う。

「伝兵衛、この者をいかがする」

幸村が、倒れている敵を顎で示す。

伝兵衛は、船頭を呼んだ。おずおずと歩み寄る中年の男に訊く。

「お前さんが船頭かね」

「へい」

「このけしからぬ奴は、旅人を殺して物を奪う盗賊だ。役人に突き出して欲しいのだが、頼めるかの」

「そりゃもう、任してください。厳しく罰していただきやす」

「済まぬな。これは酒手だ。少ないが取ってくれ」

伝兵衛が小粒銀を握らせると、

「思わぬことで、こりゃどうも、ありがとやす」

船頭は日に焼けた顔をほころばせて、手の空いている若い衆を呼び、襲撃者を見張らせた。

雨は程なく止み、日が射し込みはじめた。

風が強く波は立っていたが、渡し船は無事大津の港に到着した。

船頭に呼ばれた役人が船に駆け上がり、伝兵衛を襲った僧侶に化《ば》けた忍びの男を引っ張って行く。

到着と同時に船から降りていた伝兵衛たちは、連れて行かれる男を見ている者がいないか、周囲に目を配った。

「ここからどうする。夜道は危ない気がするが」

幸村が言う。

大津から国豊寺まではおよそ四里（約十五キロ）ある。

歩けば途中で日が暮れる。

「馬ならひとっ走りじゃが、四頭も雇えぬな」

「わたしたちは、あとから行きます」

瑛が言ったが、伝兵衛は首を横に振る。

「ここまで来たのだ、共に参ろう」

「しかし……」

「馬に乗れないのか」

伝兵衛が訊くと、瑛が目を見て言う。

「いえ、二人とも乗れます」

「伝兵衛」

幸村が声をあげた。

指差す先を見ると、旅人を相手に商売をする馬引きの集団が港に戻ってきた。馬は十頭いる。

伝兵衛は、人混みのあいだからこちらを見ている物売りに気付いた。

「幸村殿、奴らがいる」

「なに」

「行くぞ」

伝兵衛は三人を連れて通りを横切り、馬引きに声をかけた。

「済まんが四頭借りる」

「へい、お代は――」

馬引きが代金を言おうとした時には、伝兵衛たちは馬上にいた。

「あ、ちょっと」

声をあげて追いすがる馬引きたちの前に、幸村が銀を投げた。

小判にして一両になる銀の量に、馬引きたちが瞠目する。

「馬は三条《さんじょう》の問屋場《といやば》に預けておく。あとで取りに来い」

「あの、お名前は」

「わたしは真田幸村だ」

幸村はそう言うと、伝兵衛たちと馬を馳《は》せて去った。

銀を拾いながら、馬引きの一人が言う。

「はて、どこかで聞いたような」

「なんだっけ？」

と言いながら、再び銀を拾いはじめた馬引きたちの前に、ぼろ衣をまとった彦一が立ち、声をかける。

「今の侍は、馬を何処へ取りに来いと言った」

「へえ」

顔を上げた馬引きが、ぼろ衣をまとう彦一を見て一文にもならないと思ったか、

「け、あっちへ行け」

相手にしなかった。

その男の目の前に鋭い鉄の鉤爪《かぎづめ》を突きつける。

「ひっ」

「死にたいか」

「さ、三条の、問屋場です」

彦一は舌打ちをして踵を返した。

鬼六が横に並ぶ。

「小頭どうします。寺に入られては、お頭の目があるので出し抜けませんよ」

「こうなった時のことは考えてある。お頭は、わしに任せておけ」

彦一は立ち止まると、鬼六に手筈《てはず》を告げた。

唇を舐めた鬼六が、嬉々とした顔をして言う。

「なるほど、そいつはいい。馬で追いますか」

「こうなっては焦ることはない。まずはお頭に会う。お前たちは指示を待て」

彦一は命じ、伝兵衛を追って京へ向かった。

第四話　豊臣《とよとみ》の財宝

一

「お頭」

声に応じて、蓮が鋭い目線を向けた。

「彦一か、お入り」

青々とした木が美しい庭に似合わぬ風体の彦一が廊下に座り、頭を下げた。

国豊寺にほど近い場所にある商家の寮を宿にしていた蓮は、自分より遅れて到着した彦一に、すこぶる不機嫌だった。

彦一が頭を上げたが、蓮は顔を背《そむ》けたまま、黙って煙草を吹かしている。

彦一は、探るような顔で言う。

「お頭、伝兵衛が国豊寺に戻ったことで機嫌を損《そこ》ねておいでなのでしょうが、これにはわけがございます」

「知っているさ。歯が立たなかったんだろう」

「いえ、違います」

「だったら、茜《あかね》が戻らないのはどうしてだい」

茜とは、彦一が毒針で動けなくした蓮の配下のことだ。蓮の機嫌が悪いのは、気に入っていた茜が戻らないのが原因らしい。

自分が始末したとは言えるはずもない彦一は、伝兵衛に殺されたと、嘘の報告をした。

すると、蓮が訝《いぶか》しい顔を向けた。

「どうしてだい。茜は簡単にやられるような子じゃないはずだよ」

「伝兵衛は強い。わしの手下もやられました」

「まあ、仕方ない。今回だけは、お前が伝兵衛を殺さなくて良かった」

大岡出雲守から豊臣の財宝を最優先にするよう命じられていた蓮は、ため息を吐く。

「伝兵衛を殺すのは、豊臣のお宝を手に入れてからだ。お前は、みんなと国豊寺を見張りな」

「その前に聞かせてください。お頭は、どんな手をお考えなので?」

「容易《たやす》いことだ。奴らがお宝を出したところを襲い、すべていただく」

「それは、良いお考えで」

「お前が伝兵衛を殺し損ねたお蔭で、思わぬことになってきた。出雲守様が大老になられたあかつきには、あたしは側室として大岡家に入る。そうなれば、お前を頭に取り立てていただくから、しっかり働きな」

「それは、ありがたき幸せ」

「いいかい、奴らがお宝を探し出すまで、手出しするんじゃないよ。お前が皆を仕切って、しっかり見張らせな」

「お頭は？」

「あたしはここで旅の疲れを取っているから、何かあったらすぐ報せな」

「承知」

頭を下げた彦一が、企みを含んだ笑みを浮かべていることに、蓮は気付いていないようだ。得意げな顔で煙草を吹かし、将来の自分を想像して酔いしれている。

蓮の前から辞した彦一は、寮の外で待っていた鬼六に告げる。

「お頭は油断しきっていなさる。所詮は女よ。側室を夢みて、くねりくねりと腰が砕《くだ》けておるわい」

「その腰を摑んで、後ろからぶち込んでやるのが小頭の夢でしょう。うは、はは」

「そういうことよ。宝をわしのものにして、お頭を従わせてやる。お前は、抜かりなくやりな。ぐふ、ぐふふ」

彦一が命じると、鬼六が離れて行った。

国豊寺の門前には、豆腐を食べさせる店や、漬物を飯に混ぜて食べさせる菜飯屋など、庶民を相手に商売をする店が立ち並んでいる。

裏に回ると一転して、公家の下屋敷や武家の伏見屋敷などが軒を連ね、静かなものだ。

蓮の配下の女忍びたちは、花売りや青物売りなどに化けた者、ただの通行人などになって、寺の様子を探っている。

鬼六はその女忍びたちに近づき、

「ご苦労さん。お頭が休めとおっしゃっているから、わしらが替わる。そこの角を曲がったところの甘味処の二階を貸し切っているから、冷たい物でも食べて休んでくれ」

などと、声をかけて回った。

中には、怪しむ者もいたが、

「こんなに暑いってのに、長丁場になりそうだ。伝兵衛と決着をつける前にばてちまうからよう、一刻（約二時間）ごとに、交代しながらやろうや」

鬼六は言葉巧みに促し、見張りについていた女忍びたちを甘味処に集めたのである。

そして、女たちが二階に集まると、甘味処は店じまいをし、当分のあいだ休みます、という張り紙が出された。

店の者三名は、鬼六たちによって縛り上げられた。

袋のねずみとされた女忍びたちは、蓮を裏切った彦一とその手下どもによって斬殺された。

二

国豊寺では、外での出来事を知らぬ伝兵衛と幸秀和尚が、三方《さんぼう》に載せた龍眼を前に額を突き合わせて、難しい顔をしていた。

「少し、削ってござるな」

「うむ。削った」

伝兵衛が言うと、幸秀は龍眼を取り上げて外に出て、日にかざしてみた。

「うぅむ」

一か所だけ平らな個所を触り、

「ま、試してみよう」

あっさりと言うので、それまで真剣な顔で見ていた幸村が、安堵して鼻で笑う。

瑛と秋が、おすぎに連れられて本堂に入ってきた。

昨日旅を終えて帰った伝兵衛たちを出迎えたおすぎが、長旅をしてきた瑛と秋の姿を見て、着物を用意してくれたものが届けられたのだ。

古着だが、生地は傷《いた》んでおらず、瑛も秋も、京の着物がよく似合っていた。

幸秀は、瑛と秋から、豊臣の財宝を民のために使いたいと願う宗春の意向を告げられ、自分の素性のことのみならず、財宝の存在までも知っていたことに驚いたものの、戦や権力争いに使う気がないと知り、受け入れていた。

残された財宝がどれほどのものか分からないが、有り余るほどであれば、尾張侯に渡すと約束したのだ。

瑛と秋を連れて来たおすぎが離れに帰ろうとしたので、幸秀が止めた。

「これから財宝を出しに行く。おすぎも、共に来なさい」

すると、おすぎは顔を横に振った。

「わたくしは、興味がございませぬ。夕餉の支度がありますので、離れに戻ります」

「では、皆の分も頼む。酒もな。今宵《こよい》は、祝い酒といたそう」幸秀が言った。

「はい。今日は、茄子《なす》の素揚げなどを作りましょう」

「おお、わしの好物じゃ」

伝兵衛が言うと、おすぎは笑みで頷き、離れに戻った。

龍眼を手にした幸秀は、伝兵衛たちを本堂の裏庭に案内した。

銀杏《いちょう》の大木が並ぶ裏庭には、太閤秀吉が造営したものだと寺に伝わる楼門がある。塗も剝げ、金箔も落ちて下地が出た楼門は、全体的に色が灰色にくすみ、知らぬ者が見れば、なんのための楼門か見当がつかないだろう。

楼門をくぐった先は寺の裏門になり、その先は、人が滅多に通らぬ犬猫通りだ。

しかし、この楼門こそ、豊臣の隠し財宝の在処を示す、重要な建物だった。

「楼門の左右には狐様《きつね》が鎮座しているが、よう見てみなされ」

幸秀に言われて、伝兵衛が歩み寄る。狛犬のように置かれた狐は、右側の狐が宝玉をくわえ、左側の狐が鍵をくわえていた。

伝兵衛は、右側の狐に注目した。

幸秀が言う。

「この狐こそ、財宝の隠し場所を示す鍵になっている」

伝兵衛は、毎日のように見ていたはずだが、興味をもって見ていなかったので、今

「龍眼は、財宝の隠し場所を示す地図と鍵を出すための道具にすぎぬ。龍眼を手に入れたとて、財宝は手に入らぬぞ」

「ならば、その鍵と地図を持ってこい」

「よいか、財宝は豊臣のものぞ。小悪党ごときに扱えると思うな」

「ふん、安心せい。我らは小悪党ではないわ」

「出雲守の手の者か」

伝兵衛が訊くと、鬼六は不敵な顔をした。

「今宵戌《いぬ》の刻（午後八時）、鍵と地図を持って六波羅《ろくはら》の荒れ寺に来い。伝兵衛、お前一人でだ」

鬼六はそう言うと、腕を切断された手下を助け起こし、悠々と去った。

「幸秀和尚、頼む、財宝の鍵と地図を出してくれ」

伝兵衛はおすぎを助けるために急がせた。

残忍な相手だけに、幸秀も不安になったらしく、楼門へ急ぐ。

右側の狐がくわえている丸い石を外し、龍眼をくわえさせた。

だが、何も変化が起こらない。

「削ったからではないのか」

幸村が伝兵衛を責めるように言う。

伝兵衛は焦った。

「だとすると、どうすることもできぬ」

「外して、削った部分を蠟《ろう》か何かで補ったらどうだ」

幸村が言い、幸秀が龍眼を外そうとした。しかし、引っ張っても出てこない。

「押してみよ」

幸秀に言われて、幸村が押してみたが、やはり奥にも入らない。

「どうなっている」

幸秀が幸村に代わって龍眼を触る。

「妙だ。龍眼が鍵を取り出すための道具であることは確かなのだが」

「何かあるはずだ」

伝兵衛が言い、狐を調べた。

なんの変哲もない、石を削った狐にしか見えない。

だが、龍眼が取れなくなったということは、何かあるはず。伝兵衛は、龍眼をくわえている狐の口に注目した。すると、牙の一部が剝げ、龍眼と同じ深い赤色を見せていることに気付いた。

龍眼をくわえさせたことで積年の汚れが落ち、その部分が溶け合って付いていたから取れなくなっているのだ。

伝兵衛は小柄を握り、反対側の牙と龍眼の間に差しこんだ。小柄で牙を削ると、やはり赤い部分が現れた。

伝兵衛が小柄を抜く。すると、牙と龍眼が溶け、隙間が埋まった。

「やはりこれだ」

伝兵衛は言い、残り二本の牙も汚れを削った。

すると、四本の牙が龍眼をしっかり嚙むように付き、その刹那、砕けて飛び散った。

破片に襲われた伝兵衛が、腕で顔をかばい、尻もちをつく。慌てていくつか欠片を拾った。

「おい、あれを見ろ」

幸村が、左の狐を指差す。

鍵をくわえている狐の台座が動き、地下に通じる石段が現れた。

中は真っ暗で、先が見えない。

瑛が気を利かせて手燭の蠟燭に火を着けて持って来た。

「幸秀和尚」

伝兵衛が言うと、頷いた幸秀が石段を下った。

中は、畳八畳《たたみ》ほどの広さの石棺のような作りになっていて、石の台座の上に、四角い石が置いてあった。

ただの石ではなさそうだ。

伝兵衛が持ち上げてみると、大きさのわりに軽い。

「中は空洞だ」

そう言って、手でなぞった。すると、目には見えぬ切れ目を指先に感じた。上の部分を持ち上げてみる。四角い石は、精巧に作られた入れ物だった。

中には、桐の箱が納められていた。

伝兵衛が取り出し、幸秀に渡す。

「あとは、本堂で」

幸秀が言い、石段を上がった。

本堂へ急ぎ、寺の御本尊の前に座ると、皆が息を殺す中で桐の箱を開けた。地図らしき巻物が一巻と、掌《てのひら》に収まる大きさの、純金の鍵が入っていた。

鍵は普通の形ではなく、左右の形状が複雑に波打っている。

幸秀は鍵を箱に戻し、巻物を出して開いた。

財宝の隠し場所が書かれているせいか、伝兵衛にも、幸村さえにも見せようとしない。

浮かぬ顔で巻物を巻き、伝兵衛に言う。

「さすがは太閤秀吉様。財宝は、四方を五尺（約百五十センチ）の鉄の壁で覆われた中に眠っている。隠し場所を知っていても、この黄金の鍵がない限り、財宝を取り出すことはできぬ」

「なるほど。で、場所はどこです」

伝兵衛が訊くと、幸秀は巻物を渡した。

幸村と共に見た伝兵衛は、驚愕《きょうがく》の顔を幸秀に向けた。

「これに示されている金と銀を合わせれば、八百万石の大名に相当する兵を雇えますぞ。世の中が凶作で喘ぐ今であれば、徳川を凌ぐ兵を集められる」

幸秀は、無言で頷く。そして、ため息交じりに言う。

「とてつもないことじゃ。これが権力を欲する者に渡れば、大乱が起こるやもしれぬ」

「父上、叔母上を見捨てる気ですか」

幸村が責めるように言った。

伝兵衛が幸村の肩を摑み、顔を見て言う。

「案ずるな、巻物と鍵が敵に渡ったところで、扉は開かぬ」

「なに、それはどういうことだ」

「扉を開けるには、もっとも重要な物が必要なのだ。豊臣の血を引く者の証じゃ」

伝兵衛に言われて、幸村が巻物を見直した。

「守り刀……」

「さよう」

幸秀が頷き、懐に忍ばせている守り刀を出した。抜刀して、はばきに刻まれた瓢《ひょう》簞《たん》を幸村に見せた。瓢簞は、秀吉が使っていた馬印だ。

「鍵と同時に使わねば、扉は開かぬとある。だが、今はお宝より命が大事。伝兵衛殿、これを持って、おすぎを助けてやってくれ」

幸秀はそう言って守り刀を渡したが、伝兵衛は、受け取らなかった。

「敵は、地図と鍵を持ってこいと言うたのですから、よろしいでしょう。おすぎ殿は、必ず助けます」

伝兵衛は、企みを含んだ顔で言い、巻物と鍵を入れた箱を預かり、夜を待った。

三

「小頭、豊臣の姫というのでどんなもんかと思えば、大年増じゃないですかい」

鬼六が、おすぎの顔を眺めながら言う。

「顔立ちは悪くねぇ。お前さん、あと十年も早けりゃ、今ごろ素っ裸だったぜ。うは、はは」

いたぶるように笑う鬼六を、おすぎは臆することなく見ている。

「なんだ、その面は」

顎を摑んで言う鬼六を、彦一が止めた。

「もうすぐ刻限だ。表を見張れ」

命じられて、鬼六が手下を連れて出て行く。

彦一がおすぎの前に座り、徳利の酒を口に含み、おすぎの顎を摑むと、口移しで無理やり飲ませた。

抵抗できず、呑み込んでしまったおすぎが、辛そうに目を閉じる。だが、程なく瞼が重くなってきた。

眠気で朦朧《もうろう》とするおすぎの耳元で、彦一が言う。

「伝兵衛の首を刎ねられるのを見るのは辛かろう。わしの気持ちじゃ」

そう言って抱きすくめられたおすぎは、抗《あらが》うこともできずに、深い眠りに落ちた。

「小頭、伝兵衛が来ました」

外からの声に応じた彦一が、嬉々とした目をして立ち上がる。

荒れ寺の本堂の中で、足元におすぎを置いた彦一は、伝兵衛を入れるよう命じる。

「中に入れ！」

彦一の手下に指示された伝兵衛は、篝火が焚かれた本堂の前に歩み、敵に囲まれながら、一歩ずつ段を上がり、彦一が待つ本堂に入った。

彦一の足元でぐったりしているおすぎを見て、伝兵衛が鋭い目を向ける。

「何をした」

「案ずるな。騒ぐので眠らせただけだ」

「信用出来ぬ」

伝兵衛が言うと、彦一がおすぎの肩を足で踏みつけ、揺すった。

眉間に皺を寄せたおすぎが、微《かす》かな呻き声をあげる。そのおすぎの首筋に、彦一が脇差の切っ先を突きつけた。

「まずは、得物《えもの》を捨てろ」

彦一に言われて、伝兵衛は、着ている道着の懐から小柄を出して床に落とし、足の脛《すね》に巻き付けていた脚絆を外した。脚絆には、合わせて十数本の手裏剣が差してある。

「刀は持っておらぬ」

そう言って両手を挙げ、ぐるりと回って見せた。

「いいだろう。次は地図と鍵だ」

「その前に、おすぎ殿を帰らせてやってくれ」

「駄目だ」

「約束を違《たが》えるか」

伝兵衛が怒気を帯びた顔をする。

彦一は、余裕綽々《しやくしやく》の様子で言う。

「地図と鍵を渡せ。さすれば、我らは去る」

「これまで散々わしの命を狙っておいて、信用すると思うか」

「立場が分かっておらぬようだな。女が死ぬか生きるかは、伝兵衛、貴様次第ぞ」

言った彦一が、おすぎの首に向けた刃を更に近づけるので、伝兵衛が止めた。

「渡せば、本当に去るのか」

「くどいぞ、伝兵衛」

彦一に言われ、伝兵衛はため息を吐く。

「分かった、言うとおりにする」

右手に持っていた桐の箱を床に置き、彦一の足元に滑らせた。

足で受け止めた彦一が、伝兵衛を見ながら箱に手を伸ばすと、紐を解き、蓋を開けた。

油断なく中を見て、彦一がにやける。

「これで、財宝はわしの手に入ったも同然。伝兵衛、御苦労であったな」

彦一がそう言った時、伝兵衛の耳を矢がかすめた。

彦一を狙った矢が飛ぶ。突き刺さる寸前に脇差で切り飛ばした彦一が、本堂の下に驚愕の眼差しを向けた。

「お頭！」

配下の女忍びが矢を番える横に、雅《みやび》な着物を着た蓮がいる。

手下たちが蓮を恐れて戸惑っているのを見て、彦一が怒鳴った。

「てめぇら何してやがる。相手は二人だ。やれ！」

言われて、手下たちが蓮に斬りかかった。

蓮は両手に扇《おうぎ》を広げて、斬りかかった彦一の手下の刀をかわしざまに、首を斬った。

蓮の扇には、鋭い刃物が仕込まれている。

別の手下が襲いかかると、蓮はひらりとかわし、首の血管を斬る。その鮮やかで華麗な動きには隙がなく、彦一の手下たちは恐れをなした。

屋根の上にいた手下が蓮に跳びかかったが、女忍びが射た矢に眉間を貫かれて落ちた。

その者に一瞥をくれた蓮が、ゆっくりと段を上がり、彦一を睨む。

「やってくれるね、彦一」

顔を引きつらせた彦一が、桐の箱を抱えて、ちらり、ちらりと左右に目線を走らせ、逃げ道を探っている。

「彦一、その箱を渡して伝兵衛を殺せ。お前の生きる道はそれしかないと思え」

蓮が言ったが、彦一は箱を離そうとしない。

じりじりと横に進み、煙玉を投げた。
床で弾け、白い煙が視界を遮る。
その隙に彦一は外に逃げようとしたのだが、柱の陰から目の前に刀を突き出された。
「うっ」
危ういところで立ち止まった彦一が、目を見開く。
現れた蓮の配下と間合いを空けるため跳びすさったが、女忍びも跳び、離れなかった。
女忍びが刀を一閃した。
だが、彦一は鉤爪で受け、跳びすさる。
女忍びが追って斬りかかったが、背後に現れた彦一の手下が、女忍びの背中を斬った。
悲鳴をあげた女忍び。
そこへ、彦一が鉤爪を腹に突き刺した。
苦痛に目を見開く女忍びに嬉々とした笑みを浮かべ、下腹を斬り下げた。
彦一と手下が本堂の外へ出ようとした時、出口を塞ぐように、板戸の陰から刀が突き出された。

「むっ」

手下が立ち止まり、彦一をかばって刀を構える。

「なに奴」

そう言った時、目の前に幸村が現れた。

手下が斬りかかる。

幸村は刃を弾き上げ、返す刀で手下を斬った。

「くそ」

彦一は、怨《うら》みを込めた顔を幸村に向ける。

桐の箱を足元に落とし、両手に鉤爪を出して構えた。

「伝兵衛一人で来いと言ったはず」

「女を攫うような奴の言いなりになるばかはおらぬ」

幸村が言い、斬りかかった。

「むん！」

刀を袈裟懸《けさがけ》に斬り下ろすのを彦一が左の鉤爪で受け、右の鉤爪を突き出してきた。

幸村は寸前でかわしたが、着物が斬られ、腹から血がにじむ。

「くっ」

痛みに顔をしかめた幸村が、刀を両手で握り、正眼に構える。

一拍の間を空けた幸村が、すっと、前に出た。

刀を振るって斬り下げるのを、彦一が左の鉤爪で受け流し、右の鉤爪で幸村の腹を斬った。だが、幸村は身を退いてかわし、彦一の右の籠手《こて》を斬った。

苦痛の声をあげながらも斬りかかった彦一の一撃をかわした幸村が、すれ違いざまに胸を斬り上げた。

「ぐあぁ」

悲鳴をあげた彦一が、白目をむいて仰向けに倒れた。

幸村が桐の箱を拾おうとして、射られた矢に気付き、刀で斬り飛ばす。その隙に、蓮が桐の箱を奪った。

「伝兵衛！　どこだ！」

幸村が叫んだ時、伝兵衛は煙の中からおすぎを担いで出てきた。

箱を奪った蓮が、弓手の配下に投げ渡す。

受け取った配下の女が、箱を持って跳びすさり、踵を返した。そこへ現れた鬼六が、抜刀して女を斬った。

その凄まじい剣は、女を右肩から脇腹にかけて両断した。

「下郎め」

伝兵衛が言い、幸村の脇差を抜いて擲つ。

鬼六が脇差を弾き飛ばしたが、首に擲たれた赤い紐が巻きつき、刀を握る手首にも巻きついた。

瑛と秋が紐を擲ち、自由を奪ったのだ。

「こしゃくな」

鬼六が手首に巻きついた紐を脇差で切り、首に巻きついた紐を摑んで瑛を引き寄せた。

瑛が抵抗したが、鬼六がふいに前に出て、瑛に迫る。

さがる瑛を追い、刀を振り上げて斬ろうとした鬼六。

だが、助けに入った幸村が、鬼六の背中を斬った。

「うお」

のけ反った鬼六が振り向き、刀を振るう。

幸村は前に出て、胴を斬り上げた。

鬼六は声もなく倒れ、目を開けたまま絶命した。

「うう」

幸村が足を押さえて倒れた。

鬼六に、振り向きざまに足を斬られていたのだ。

「幸村殿！」

瑛が駆け寄り、傷を押さえる。

伝兵衛は、幸村と瑛をかばうように立ち、おすぎを下ろした。そして、蓮に言う。

「もはやおぬし一人じゃ。観念せい」

「ふん、笑わせるんじゃない。伝兵衛、その首もらう」

蓮が言い、雅な着物を剝ぎ取った。長い手足を露わにした黒い忍び装束をまとった蓮は、豊満な胸の谷間を紗織の装束に透けさせ、男を惑わす妖艶な姿をしている。

閉じた扇を両手に構え、凄まじいほどの剣気を放つ蓮に対峙した伝兵衛は、手刀で構えた。

蓮は距離を詰めた。

伝兵衛が小手調べに足を踏み出すと、蓮は下がり、鋭い目を向ける。

二人は睨みあい、微動だにしなかった。互いに隙がなく、動けないのだ。

龍眼を狙ってきた大岡の忍びの頭目を倒せば、すべてが終わる。

伝兵衛はそう思った。

それは蓮とて同じ。

「伝兵衛！　死ね！」

叫んだ蓮が襲いかかった。

一撃をかわした伝兵衛であるが、左腕に痛みがはしり、手で押さえる。指の間に鮮血が浮き、滴《したた》り落ちた。

不敵に笑う蓮が握る扇から、鋭い刃が出ている。仕込み刀だ。

伝兵衛は、目が霞《かす》んだ。額に汗をにじませ、目を細める。

「毒か」

「ふん、もうすぐ動けなくなるよ」

蓮が言い、腰に手を回し、隠している小太刀を抜いた。

「死ね」

蓮が叫び、襲いくる。

伝兵衛は一撃をかわし、蓮の手を摑んで背負い投げにした。

ひらりと身軽に宙を回った蓮が、床に足を着くなり跳び、斬りかかった。

伝兵衛は間合いに跳び込み、小太刀を振るう蓮の腕を受ける。そして、腹を膝で蹴った。

腹の急所を蹴られて呻き声をあげた蓮が、よろよろとさがり、歯を食いしばり、小太刀を構える。

伝兵衛は目が舞い、よろけた。

「よう効く毒じゃ」

「伝兵衛！」

幸村が叫び、秋が蓮の前に立ち、忍び刀を構えた。

「邪魔をするんじゃないよ」

蓮が言い、秋に斬りかかる。

秋が刀で受けたが、蓮に回し蹴りを食らい、飛ばされた。

壁に背を強打した秋が、気を失った。

この時伝兵衛は、秋から自分の小太刀を渡されていた。

「他の者に手を出すな」

伝兵衛はそう言って、小太刀を腰に差し、抜刀した。

蓮が鋭い目を向ける。

「貴様、なぜ動ける」

「わしに毒は通用せぬ」

御庭番でも、薬草に長じていた伝兵衛は、毒への耐性を身につけていたのだ。

伝兵衛は目をかっと見開き、猛然と前に出た。

蓮も出る。

「えい！」

蓮が小太刀を振るう。伝兵衛が小太刀で受けると、蓮が身体を横に回転させ、扇の刃で伝兵衛の首の後ろを刺す。

だが、切っ先は空を貫いた。

伝兵衛は蓮の動きを読み、身を屈めてかわしたのだ。

蓮は瞬時に、身を屈めた伝兵衛の頭めがけて小太刀を突き下ろしたが、伝兵衛は横に逃げ、蓮の尻を蹴った。

「くっ」

前につんのめった蓮が、小太刀を振るいながら振り向いた時、伝兵衛が右手の小太刀で受け止め、左の小太刀の柄で蓮の腹を突く。

「うっ」

短く呻いた蓮が、気絶した。

身体を受け止めた伝兵衛が、ゆっくり床に下ろした。

これで全て終わった。伝兵衛は溜息を吐いて腰に手を当てた。やはり、寄る年波には勝てない。

「おなごを斬るのは後味が悪い。お前さんには、牢屋に入ってもらう」

伝兵衛は蓮の手足を縛り、本堂の柱にくくりつけた。

「あとのことは所司代殿に任せるとして、我らは寺に戻ろう」

伝兵衛はそう言うと、未だ眠っているおすぎを抱き上げ、幸村たちと荒れ寺を出た。

伝兵衛の報せを受けた所司代の配下が荒れ寺に来たのは、二刻（約四時間）も過ぎた頃だったが、柱に縛りつけられていた蓮は目を覚ましていて、激しく抵抗した。

だが、縄で自由を奪われていた蓮にできることは、嚙みつくくらいのことだ。

出雲守の忍びだけに、所司代は扱いに慎重になり、後日、大御所吉宗に伺いを立てることになるのだが、返事を待つ間に投獄された蓮は、女の牢名主に目をつけられ、たっぷりと仕置をされることになる。

伝兵衛がそのことを知るのは、数日後のことだ。

蓮の一味を倒し、国豊寺に戻った伝兵衛は、待っていた幸秀和尚に地図と鍵を返し、おすぎを目覚めさせた。

何も知らぬおすぎは、目の前に伝兵衛がいたので安堵の涙を流した。

「おすぎ、危ない目に遭わせて済まなんだ」

伝兵衛が優しく肩を抱いてやると、おすぎは身体を寄せて、伝兵衛の腕をそっとさすった。

「きっと助けに来てくださると信じていましたから、怖くはありませんでした。それより、お前さまのほうが心配です」

腕に巻いたさらしに血を滲ませている伝兵衛は、笑みで顔を横に振る。

「これしき、かすり傷じゃ」

一人うかぬ顔をする幸秀を気にして、伝兵衛は訊いた。

「幸秀和尚、いかがされた」

すると、幸秀が伝兵衛に顔を向け、黄金の鍵に目線を落とした。

「豊臣の財宝を巡って、多くの者が命を落としてしまった」

そう言うと、やおら立ち上がり、本尊の前に歩む。

「伏見に眠る豊臣の財宝を取り出せば、権力を欲する者が群がり、世が乱れるやもしれぬ」

幸秀は、皆が見る前で地図を火の中に投じた。おすぎが攫われた時に腹を決めていたのか、あらかじめ用意していたらしい炭の火によって、地図が燃えた。

伝兵衛は、止める気はなかった。

幸村が止める間もなく、幸秀は金槌《かなづち》を握り、黄金の鍵を叩き潰してしまった。

「何をするのです！」

声をあげたのは、瑛と秋だった。

幸秀は、潰した鍵を瑛に投げ渡した。

「徳川様は、滅ぼした豊臣の財など使わず、己の力で、世を安寧《あんねい》に治めるがよろしかろう。さすれば、安泰かと」

そう言い、合掌した幸秀は、長年背負ってきたものを落としたかのように、清々《すがすが》しい顔をしていた。

伝兵衛は、幸秀の考えに賛同した。そして、幸秀に言う。

「因果を払い落とし、仏の道を究めるもよろしかろう」

龍眼が散った今、伝兵衛はなぜか、幸秀の胸の内が分かる気がしていた。

昇りはじめた朝日が妙に美しく見えたのは、そのせいであろう。

四

「幸秀和尚は、坊主にしておくには惜しい男よのう」

瑛からすべてを聞いた徳川宗春はそう言ったものの、豊臣の財宝を探し出す手がかりを失った悔しさを嚙み殺す笑みともとれる顔をして立ち上がり、庵の庭に向かった。

鏡のような水面の中から鯉が跳ねて躍り、しぶきを上げげた。波紋が広がり、浮草を揺らす。

「して、幸秀和尚はその後どうしておる」

「寺を守りながら、これまでどおり困った人たちを助けられるそうです」

「まさに、仏の道を究めるか」

「はい」

「幸村も、寺を守って生きるのか」

「…………」

返答をしない瑛に、宗春が振り向く。

「いかがした」

「幸村殿は、剣の修行に出られました」

すると、宗春が目を細めた。

「では、伝兵衛を訪ねて江戸に立ち寄ることもあろうな」

「おそらく」

顔を俯《うつむ》けた瑛が一瞬見せた寂しげな顔を、宗春は見逃さなかった。

宗春は庭に向きなおり、空を見ながら言う。

「瑛」

「はい」

「豊臣の血を引く者が将軍家の膝元に入るのはよくない。知っていて見逃したとあれば、尾張徳川家の沽券《こけん》に関わる」

瑛は、今さら何を言うのかと言いたそうな顔をしたものの、それは一瞬のことで、すぐに頭を下げた。

「そこまで気が回りませんでした。申しわけございませぬ」

「余は、何も聞かなかったことにする。瑛、そちには暇《いとま》を出す」

驚いて目を見張る瑛と秋。

秋が口を開こうとしたが、瑛が先に言った。

「ただちに幸村殿を追い、江戸下向を阻止いたします。どうかお考え直しを」

「もうよいのだ」

宗春はそう言って、笑みを向けた。

「幸村のことではない、そちのことだ。尾張の政《まつりごと》は当代に任せて、余は今日から三ノ丸に籠り、好きな陶芸をして暮らす。よって、忍びであるそちに、もはや用はない。暮らしに困らぬだけのことはするゆえ、案ずるな」

「殿――」

追いすがろうとする瑛を、宗春が手で制した。

「ひとつだけ、最後の頼みを聞いてくれぬか」

「殿のおそばを離れることなら、聞けませぬ」

「そう言うな、瑛。これから言うことは、最後でありながら、長きにわたる役目じゃ」

瑛が、考える顔をしている。

「聞いてくれるな」

宗春がもう一度言うと、瑛は頷いた。

「なんなりと、お申し付けください」

「うむ。そちは幸村の行き先を知っているのか」

訊かれて、瑛が戸惑いぎみに言う。

「まずは、九州を巡るそうです」

「さようか。九州は、代替わりがしているといえども、黒田《くろだ》家、島津《しまづ》家など、豊臣恩《おん》顧《こ》の大名が多い。とはいえ、公儀の目を恐れ、幸村が豊臣の血を引く者と分かれば召し抱えはすまいが、知らずに召し抱えた場合、公儀の耳に入ればまずいことになろう。そうならぬように、そちが幸村のそばに付いて見張っておれ」

「誘われても、幸村殿はお断りになられましょう」

「幸村のことを、よう分かっておるようじゃな」

「いえ」

目を伏せる瑛に、宗春が言う。

「幸村のそばに行き、生涯目を離すな。これが余の頼みじゃが、気が進まねば断ってもよいぞ」

宗春の意をくんだ瑛が、はっとして顔を上げた。

「殿」

「よいな、瑛」

それ以上言うなという目顔を向けられ、瑛は目に涙をにじませて、頭を下げた。

「かしこまりました」

宗春は、家臣に用意させた金子《きんす》を瑛に渡した。

「秋は余と共に参れ」

「はは」

秋が頷き、瑛に顔を向ける。

「瑛様、ここでお別れにございます」

「お秋」

秋は瑛の手を握り、笑みで言う。

「どうか、想いを遂《と》げてください。瑛様なら、きっと大丈夫でございます」

「さらばじゃ、瑛」

宗春が言い、部屋から出て行った。

「これまで、お世話になりました」

瑛は頭を下げ、秋と共に外に出ると、門前で別れた。

城下の家を秋に任せた瑛は、翌日には名古屋城下を発ち、幸村を追って九州に向かったのだ。

五

残暑が厳しかった日の夕方、伝兵衛は品川《しながわ》へ入り、壽《ことぶき》屋に到着した。

壽屋は以前と少しも変わりなく、この日の宿を求めて大勢の旅人が入り、賑やかな声が道まで聞こえている。

伝兵衛が暖簾をくぐると、入り口に背を向けて客の相手をしていたおようが振り向き、

「いらっしゃい」

泊まり客だと思って声をかけたものの、すぐに目を見張った。

「伝兵衛！」

おようの声に、帳場で番頭と話をしていたおふじが顔を向け、安堵した顔で出迎える。

おようが伝兵衛の両手を握り、顔を近づけて訊く。

「伝兵衛、記憶が戻ったのか」

見る間に目に涙を溜めて訊くので、伝兵衛は笑みで頷いた。

「ああ、思い出したとも」

喜んだおようが抱きついた。

「おいおい。はは、よさぬか」

おようを受け止めた伝兵衛は、小さな背中をさすり、優しく叩いた。そして、おふじに向き、頭を下げた。

「おかみさん、色々と、心配をかけました。済みませんが、今夜泊めていただきたいのですが」

「なに水臭いこと言ってるんだい。伝兵衛さんの部屋は空けてあるよう」

「それは、ありがたい」

伝兵衛は遠慮がちな笑みで言い、

「では、薬湯を沸かします」

おれ礼のつもりで裏庭に出ようとしたのだが、おふじが止めた。

「今夜はいいから、旅の疲れをお取りなさいな」

「いや、これはわしの気持ちですから」

「いいんだよう。さ、早く草鞋を脱いで、ゆっくりしておくれ。おようちゃん、足を洗っておあげ」

「はいはい」

およウが足盥《あしだらい》を取りに行った。

「それじゃ、遠慮なく」

伝兵衛が上がり框に腰かけたところへ、喜之助《きのすけ》が帰ってきた。

伝兵衛を見て驚いた喜之助は、道場に行っていたらしく、木太刀と道着を持っていた。

「坊っちゃん、しばらく見ないうちに随分大きくなられました。剣のほうも、上達されましたか」

笑みで頷いた喜之助が、

「一度手合わせをしてください」

以前とは違い、しっかりとした口調で言う。

「はい。楽しみです」

「伝兵衛さん、もう何処にも行かなくていいのでしょう」

喜之助に言われて、伝兵衛は笑みを浮かべた。

その顔を見て、おふじが言う。

「帰ってきたんだから、何処にも行きやしないわよ。さ、二人とも汗を流しておいで。おようちゃん、お願いね」

おふじはそう言うと、忙しそうに仕事に戻った。

およは伝兵衛の足を洗うと、

「さ、行きましょう」

背中を押して、板の間に上がらせた。

伝兵衛の編笠を持った喜之助が、手を引いて部屋に連れて行く。

伝兵衛が裏の廊下を歩んでいた時、薬湯の香りがしてきた。ゆっくり息を吸って匂いを嗅いで、笑みをこぼした。

「佐平《さへい》さんは、良い湯を沸かしているようじゃな」

「ええ、近頃やっと伝兵衛の湯になってきたって姐《ねえ》さんたちから言われて、喜んでいるわ」

およが言うので、伝兵衛は再び匂いを嗅いだ。色々な薬草が湯の中で混ざり、気持ちが和《やわ》らぐ香りになっている。

「うむ、これなら安心じゃ」

伝兵衛はそう言いながら、自分が使っていた部屋に向かった。

部屋の前でおようが立ち止まり、振り向く。

「坊っちゃん、伝兵衛さんと少し話があるから、先に行っていてください」

「え？　あ、うん」

喜之助は素直に応じて、風呂場に行った。

おようが先に部屋に入り、伝兵衛を招き入れて戸を閉める。

急にどうしたのかと思っていると、おようは険しい顔を伝兵衛に向けて訊いた。

「高山で宝山殿に言われたとおり、城へ行くのか」

伝兵衛は、表情を引き締めた。

「うむ。明日行くつもりじゃ」

おようが抱きついたので、伝兵衛は驚いた。

「おい、どうしたんじゃ」

「ずっと待っていたんだ。ずっと」

伝兵衛はこころが温かくなり、まるで孫に接するような、そんな優しい笑みとなった。

「ありがとよ」

「行くな、伝兵衛。おすぎさんのためにも」

伝兵衛は、およりの肩を摑んで顔を上げさせた。

およりは、目を赤くしている。

「おすぎさん、伝兵衛のこと待っているんだろう」

言われて、伝兵衛は頷いた。

「だったら、城なんか行かなくていい。品川におすぎさんを呼んで、みんないっしょに暮らそう。伝兵衛、そうしよう」

「そうしたいところじゃが、まだ決着がついておらぬのだ」

「命を狙われているんだろう。城に行って、生きて戻れるのか？」

伝兵衛は無言で頷いた。

およりが尚《なお》も止めようとしたが、伝兵衛は制するように言葉をかぶせた。

「大丈夫だ。必ず戻ると約束する」

「本当だな」

「宝山殿がおるから、心配はいらぬ」

「それは、そうだけど」

「おお、そうじゃ。およう、宝山殿の屋敷を知っているか」

「うん。伝兵衛が戻ったら報せる約束になっているから」

「では、屋敷の場所を教えてくれ。わしが行く」

「明日案内する」

「それは駄目じゃ。ここから先は、わし一人で行かねばならぬ」

伝兵衛が強い口調で言うと、おようは案じたものの、宝山の屋敷がある町の名を教えた。

増上寺《ぞうじょうじ》門前の町だと分かり、伝兵衛は頷いた。

明日の朝まですることがなくなると、途端に腹の虫が鳴く。

おようがくすりと笑った。

「食事の支度をするから、先に汗を流してきて」

「よし。では、佐平の薬湯を楽しんでこよう」

喜之助と湯を浴びた伝兵衛は、おようが支度してくれた食事で空腹を満たし、この夜はゆっくり休んだ。

六

翌朝、壽屋を出かけた伝兵衛は、旅人に混じって江戸に入った。増上寺の門前を歩んでいた時、町中を行き交う人々の中から饅頭笠をつけた僧侶が現れ、伝兵衛の行く手を塞いだ。

顔を上げた伝兵衛が、目を細める。

「宝山殿か」

笠の端を持って上げた宝山が、精悍《せいかん》な顔を見せた。

「伝兵衛殿、お久しゅうございます」

「これは奇遇じゃ。今から訪ねようとしていたところでござった」

「奇遇ではございませぬ。昨夜およう殿から報せがあり、こうして迎えに参りました」

「おようが？」

宝山が、薄い笑みを浮かべて頷く。

「伝兵衛殿を死なせないでほしいと、頼まれました。よほど好かれているようで、羨《うらや》ましいかぎりです」

「いや、あの娘は孫のようなもの」

「当然です」

宝山がいささか不機嫌になったようなので、伝兵衛が訊く顔を向けた。

高山で怪我を負った宝山を介抱したのはおようだ。それが縁で、宝山がおように特別な感情を抱いていても不思議ではない。

宝山は、伝兵衛の探るような目線を無視して告げる。

「大御所様がお待ちかねです。参りましょう」

至極冷静な声で言い、踵を返した。

肩透《かたす》かしをくらった伝兵衛は、宝山と共に歩みながらも、おようのことは口に出さなかった。宝山の背中が、そのようなことを言わせぬ緊張感を漂わせていたのだ。

大御所吉宗のことを訊いても、直に会って話をされるがよろしかろう、とだけ言い、会話を切られる。

二人は黙然と歩み、虎《とら》ノ御門をくぐり、外桜田《そとさくらだ》御門をくぐって、西ノ丸大手門へ向かった。

いよいよ城内へ入ろうという時、伝兵衛は思うところがあり、立ち止まった。

「待ってくれ、宝山殿」

歩みを止めた宝山が振り返る。

「いかがされました」

「貴殿に、龍眼のことを話しておかねばなるまい」

「龍眼の？」

宝山が伝兵衛の正面に立ち、訊く顔をした。

「わけあって、龍眼は既にこの世に存在せぬ」

そう言うと、宝山は睨むような目を向けて笑みを浮かべた。

「元御庭番ともあろうお方が、大御所様を侮《あなど》っておられるようだ」

伝兵衛は、はっとした。

「知っておられるのか、大御所様は」

「京のことを含め、すべてお耳に入っています。豊臣の財宝のことは、たとえ見つかったとしても、今の状況では、日ノ本中に行き渡らせるには焼け石に水。そして、豊臣の血を引く者のことは、天下を揺るがさぬ限り、お見逃しになられるそうです」

「さようか。さすがは、大御所様じゃ。すべて知っておられたとは。これは貴殿の働きか」

「さて」

宝山はとぼけ、大御所吉宗の情報網のことは明かさない。

「大御所様は、貴殿が上様のおそばに仕えることをお望みにござる。龍眼は、もはや必要ないかと」

「いやいや、わしなど役に立たぬ」

「大御所様の命にはそむけませぬぞ」

「上様の御病気が治れば、大御所様も文句はあるまい」

宝山が目を見張った。

「もしや、例の秘薬があるのですか」

伝兵衛は頷いた。砕けた破片から、再び作ったのだ。

「大御所様に拝謁《はいえつ》する前に、上様に拝謁できまいか」

「しかし、上様のおそばには出雲守が張り付いています」

「さようか。では、寝所に忍び込むかの。西ノ丸で夜まで待たせてくだされ。あとは自分でなんとかする」

「拙僧が知らぬ抜け道があるとでも」

「それは、な」

伝兵衛が含んだ笑みを見せると、宝山が鼻で笑った。

「さすがは伝兵衛殿。分かりました。伝兵衛殿が大奥へ忍び込まずに済むよう、わたしも何か、手を考えてみましょう」

「そうしていただけるとありがたい。大奥に忍び込むのは、どうも気が引ける」

頷いた宝山は、伝兵衛を西ノ丸に上げて、御殿の一室で待たせた。

だが、日が暮れても宝山は現れず、伝兵衛と家重を会わせることに苦労しているようだった。家重にべったり付いている出雲守を引き離す良い手がないに違いない。

「仕方ない。大奥に忍び込むか」

伝兵衛は独りごち、将軍家重が就寝する刻限になるのを待つことにした。

程なく、亥《い》の刻（午後十時）になった。家重が就寝するのは、あと一刻後。

目を閉じた伝兵衛は、先に大奥の寝所に忍び込むため外に出ようとしたのだが、この時になって、廊下に手燭を持った宝山が現れた。

「伝兵衛殿、上様がお会いになられます」

「上様が、西ノ丸に参上されたのか」

「大御所様の見舞ということで、お越し願いました。今なら、お一人で大御所様を見舞われております」

「そうか」

一時は敵対し、口をきくどころか命を奪おうとしていた吉宗が、家重と会っている。

それだけで伝兵衛は嬉しくなり、胸が熱くなった。

「泣いておられるのですか」

宝山に言われて、伝兵衛は洟《はな》をすすった。

「わしは上様を幼い頃から見てきたのじゃ。これが泣かずにおられるか」

などと、すっかり年寄りじみたことを言い、宝山に案内させた。

長い廊下を歩み、角をいくつも曲がって西ノ丸の奥御殿に渡った。

廊下はひっそりしていて、一つだけ灯りが漏れている部屋の前には、付き人の姿がない。

宝山が待つよう手で制し、開けられている障子の手前で座り、声をかけた。

「里見影周殿が参りました」

「うむ」

中から、力のない吉宗の声がした。

宝山に入るように言われて、伝兵衛は廊下に座り、頭を下げた。

「里見伝兵衛影周、ただいま参上いたしました」

「伝兵衛、入れ」

言ったのは、家重だ。難解な言葉だが、伝兵衛には変わらず理解できた。

「はは」

応じた伝兵衛が膝を進めて敷居の内側に入り、ゆっくり頭を上げた。

床に臥《ふ》せる吉宗の顔は見えないが、枕元に座る家重が、優しい顔で伝兵衛を見ていた。

「伝兵衛、ちこう。大御所様がお呼びじゃ」

「はは」

伝兵衛は従い、家重のそばに寄った。

吉宗の足元に座って見ると、吉宗は熱があるのか、火照《ほて》った顔に脂汗を光らせていた。

家重が布で額を拭いながら、伝兵衛に言う。

「中風のうえに、風邪をめされておる。手足にしびれがあるが、近頃は歩かれていたのだ」

「ごめん」

伝兵衛はことわりを入れ、すいと膝を進めて懐から印籠《いんろう》を出した。熱に効く薬を懐紙の上に転がし、家重に差し出す。

「これを大御所様に。ふた粒お飲みくだされば、楽になります」

「おお、そちの薬なら、よう効くであろう」

家重は吉宗に手を貸して起こした。

だが、吉宗は薬を拒み、伝兵衛を見た。

伝兵衛が頭を下げると、吉宗が口を開いた。

「伝兵衛、面を上げよ」

「はは」

伝兵衛が顔を上げると、吉宗が頷く。

「よう戻ってくれた。龍眼が無くなったそうじゃの」

「はい」

「まあ、よい。伝兵衛、今から、この家重に仕えて、支えてやってくれぬか。知っておろうが、出雲一人に任せるのは危うい。のう、伝兵衛、わしの遺言と思うて、頼む」

「何をお気弱なことを」

伝兵衛は、別の印籠を懐から取り出し、吉宗に差し出した。

「これに、龍眼でこしらえた秘薬がございます」

吉宗が驚き、廊下で控えていた宝山が入ってきた。

「伝兵衛殿、龍眼はあるのですか」

伝兵衛は、首を横に振る。そして、吉宗に言う。

「無くなったのは事実。少しだけ残った破片でこしらえました。一度きりしかございませんが、ここはどうか、大御所様がお使いください」

すると、吉宗が睨むような顔をした。

「たわけ、わしは老いた身じゃ。あの世からの迎えを待っておったというに、生かして化け物にする気か」

「何をおおせです、大御所様。まだお隠れになるには早すぎます」

伝兵衛が諫めると、吉宗は印籠を受け取った。蓋を開け、三粒の秘薬を手の平に転がした。

「これが、秘薬か」

「はい」

「わしには用のない物じゃ。家重、そちが飲め」

吉宗が家重の手を取り、秘薬を握らせた。

「宝山、水をもて」

吉宗が命じたが、家重が宝山を止めた。

そして家重は、秘薬を自分の印籠に納めた。

「飲まぬのか、家重」

吉宗が責めるように言うと、家重は頷く。

「この秘薬のために、多くの者を死なせすぎました。わたしには使えませぬ。これから先、将軍となった者が急な病で死の淵《ふち》をさまよった時に使うよう、後世に残しとうございます」

「上様、せっかく大御所様が飲めとおおせなのですぞ」

伝兵衛が言ったが、家重は首を横に振る。

「よいのじゃ、伝兵衛。余は、言葉が不自由じゃが死なぬ。余には伝兵衛、そちと出雲がおるではないか。言葉が通じずとも、不自由はせぬ」

「なるほど。家重、よう言うた」

吉宗が言ったので、家重と伝兵衛が驚いた。

「大御所様、上様のお言葉が理解できるのですか」

伝兵衛が訊くと、吉宗が不服そうに頷く。

「あたりまえじゃ。父親が、倅の言葉が分からぬはずはなかろう」

「しかし、これまでは……。まさか、わざと分からぬふりを」

吉宗は、疲れたと言い、家重の手を借りて横になった。大きな息を一つして、家重に言う。

「正直、これまでは分からなんだ。わしがそちの言いたいことを理解しようとしなかったからであろう。じゃが、近頃こうして見舞に来てくれるようになってからは、話したいと思うようになった。本気になって耳を傾ければ、分かるものよ」

「父上」

家重が、吉宗の手を握った。

二人がこうして語るのを、伝兵衛は初めて見たような気がする。

「伝兵衛」

吉宗に呼ばれて、伝兵衛は目尻を拭い、身を乗り出した。

「はい」

「家重のために、そばにいてやってくれ」

伝兵衛は両手をつき、家重と吉宗に頭を下げた。

「申しわけございませぬ。それがしは、城へ戻る気がございませぬ」

「家重、それみろ、わしの言うたとおりであろう」

吉宗が言い、家重が慌てた。

「伝兵衛、なぜじゃ。なぜ余のそばにおってくれぬ」

「一度隠居の味をしめてしまいますと、お城勤めの窮屈《きゅうくつ》さに耐えられませぬ」

「なに！」

「おそれながら、上様。これからは人を頼らず、公儀の方々と筆談をなされませ。その方が、誰に遠慮するでもなく、政を円滑《えんかつ》に進められまする」

「わしが筆嫌いと知って言うか」

「その筆嫌いは、改めていただかなくてはなりませぬ」

目を見開いて怒る家重を見て、吉宗が笑った。

「家重、そちの負けじゃ。明日からは出雲を頼らず、老中たちと筆談をいたせ。そうすることで、老中たちの不信感もぬぐえようし、何より、出雲を救うことにもなる」

「出雲を？」

「さよう。あれはそちに頼られ過ぎて、思い違いをしておる。このままでは、必ず命を落とすことになろう。そちが幼き頃より仕《つか》えた忠義の者じゃ。少し間を空けて、おのれの立場をわきまえさせろ」

吉宗に言われて、家重はやっと、出雲守が自分の意を曲げて公儀を操ろうとしていたことに気付いたようだった。

落胆した顔で両手をつき、

「わたしが、甘《あも》うございました」

吉宗に詫びた。

「もう一つ、肝《きも》に銘じておけ。質素倹約令を緩和すれば、一時は民も喜ぼう。だが、財は強き一部の者に集まり、多くの者が貧困に喘ぐことになる。天下を預かる将軍家がせねばならぬことは、天下の根本である百姓がきちんと年貢《ねんぐ》を納められるように、飯を食わせてやらねばならぬ。それには、飢饉《ききん》で百姓が飢えぬように、我らが手本となって質素倹約に努《つと》め、財力をつけることじゃ。貯《たくわ》えは徳川のためならず、天下万民のためと心得よ」

「はは、肝に銘じまする」

家重が頭を下げると、吉宗は頷き、目を閉じた。

「伝兵衛と、二人にしてくれ」

吉宗が目を閉じたまま言うので、家重と宝山は、寝所から出て行った。

　ゆっくりと瞼を開けた吉宗が、伝兵衛に顔を向ける。

「伝兵衛」

「はは」

「旅をして、世の中のことが見えたか」

「少しばかりは」

「どう思った」

「平和で穏やかに見えまするが、近年の凶作のせいか、強き者が笑い、弱き者が泣いていることが多いように思えました」

「うむ」

　吉宗は、辛そうに目を閉じた。

　起き上がろうとするので、伝兵衛がそばに行き、背中を支えた。

「のう、伝兵衛」

「はい」

「余の目となってはくれぬか」

「目で、ございますか」

　吉宗は、手を打ち鳴らした。

すると、武者隠しの扉が開き、女が出てきた。

女を見て、伝兵衛が目を見張る。

「おかみさん！」

絶句する伝兵衛に、壽屋の女将《おかみ》のおふじが、薄い笑みを浮かべた。

「驚いたか、伝兵衛」

吉宗が、したり顔で言う。

「この者は、わしの御庭番じゃ。このことは、そちの上役であった川村左衛門《かわむらさえもん》すらも知らぬ」

「では、真の隠れ御庭番、ということにございますか」

「そういうこと」

おふじが言い、笑みをみせた。

「伝兵衛」

厳しい表情で呼ぶ吉宗に、伝兵衛は真顔を向けた。

「はは」

「出雲のことじゃ。質素倹約令を解かせようとするあくどい商人どもが、毒饅頭を喰らわせようと狙っておる。この先、出雲が多額の賄賂《まいない》で毒づけにされた時、家重を思うように操れぬと分かれば、何をしでかすか分からぬ」

伝兵衛が黙っていると、吉宗が身を乗り出した。

「伝兵衛、余の御庭番として市中に潜み、公儀の目をかいくぐる悪党どもを裁いてくれぬか」

伝兵衛は、吉宗の目を見た。

「江戸市中に、深い闇があると」

「うむ。その闇に引き込まれた多くの民が、今も苦しんでいる」

「それを、わたしに救い出せと」

「記憶を失いながらも、多くの者を助けたであろう。どうじゃ、頭として、おふじの宿に戻ってやってくれぬか」

伝兵衛は、おふじと目を合わせた。

するとと、おふじが両手をついて頭を下げるので、伝兵衛は吉宗に目を向けた。

「そうすることで、少しでも上様のお役に立てるなら、お受けいたします」

「やってくれるか。では、これを授ける」

吉宗は安堵の声で言い、おふじから受け取った小太刀を抜刀した。

刀身には、成敗、の文字が刻んである。

「これをもって、切捨て御免といたす。世にはびこる悪を見つけ出し、成敗せよ」

「ははぁ」

伝兵衛は、吉宗秘伝の宝刀を押しいただき、おふじと共に寝所をあとにした。

西ノ丸から下がりながら、伝兵衛はおふじに言う。

「いやぁ、それにしても、驚いた。まさかおかみさんが、大御所様の配下だったとは」

「分からなかったでしょう」

「ええ、露《つゆ》ほども」

「当然よ。見破られるようでは、隠れ御庭番は失格だもの」

「なるほど」

「いいこと、これは伝兵衛さんとあたしだけの秘密。おようちゃんに気付かれないようにね」

「そうなると、どうも暮らしにくい」

「すぐ慣れるわよ。配下の者はおいおい紹介するけれど、滅多に顔を合わせることはないから、普段は普通にしておけばいいわ。さ、夜が明けないうちに、急いで帰りましょ」

「済まないが女将さん、先に帰っておくれ」

「ええ？　何処に行くのさ」

「ちと、野暮用《やぼよう》じゃよ。それじゃ、あとで」

伝兵衛はそう言うと、おふじと別れて夜道を駆けた。

おふじが呼び止めても、伝兵衛は止まらなかった。

「さっそくご挨拶《あいさつ》ですか」

おふじは独りごちるとくすりと笑い、品川へ帰った。


大岡出雲守は、今宵、家重が一人で吉宗を見舞ったことを危惧《きぐ》していた。

これまでは、言葉を伝えるために供をしていたのだが、今日に限って控《ひか》えるよう言われ、下城を命じられた。

蓮がいれば、西ノ丸の様子を探らせるのは容易いことであろうが、何の音さたもない。

まさか京の女牢獄に繋がれ、年増の牢名主になぶりものにされていようとは思いもしない出雲守は、家重と吉宗が何を話したのか気になり、眠れぬ夜を過ごしていた。

床に入っても眠れず、家来に命じて酒を持ってこさせると、深酒をした。

したたかに酔い、ようやく眠りについたのは、寅《とら》の刻（午前三時頃）の時刻帯に入った頃だった。

出雲守は、裏庭に現れた黒い影の気配にも気付かず、寝息を立てている。

ふと、廊下に蠟燭の灯りが差した。

夜回りをしている二人の家臣が、鶯《うぐいす》張りの廊下をそろそろと歩み、あるじが眠る寝所の前を通り過ぎて行く。

次の間に控える者はおらず、寝所には、蚊帳が掛けてある。

素早く見て取ったのは、伝兵衛だ。

見回りの家臣が廊下の端に去り、灯りが遠ざかるや、伝兵衛は廊下に上がった。

鶯張りの廊下を音も立てず踏み越えて、蚊帳の中へ入る。

出雲守は、喉に当てられた小太刀の冷たさに目を覚ました。

誰だ、と口を開こうとした時、喉を摑まれ、声を止められた。

「声を出すな」

伝兵衛の声に、出雲守が目を見張る。

覆面をつけている伝兵衛は、出雲守の眼前に、吉宗から授かった小太刀を出し、成敗の文字を見せた。

「安心いたせ。わしは上様のおそばには仕えぬ。じゃが、将軍家の力を利用して政を思うままに動かし、民を苦しめ、将軍家の名を汚すようなことをいたせば、この小太刀が首を刎ねると思え」

「く、う」

喉を強く摑まれて苦しむ出雲守であるが、伝兵衛の言葉に応じて、頷いた。

伝兵衛が手を離すと、出雲守が咳き込み、息を大きく吸う。

去ろうとする伝兵衛の足を摑み、

「れ、蓮は、いかがした」

声を絞り出して訊く。

「生きておる。が、二度と江戸には戻るまい」

伝兵衛は、そう告げて去った。

出雲守は、咳を聞いて駆け付けた家臣が騒ぐのも耳に入らぬ様子で、呆然としていた。

ひと月が過ぎた。

品川の壽屋は、相変わらず繁盛している。

伝兵衛は、風呂焚きとして再び働きはじめていたのだが……。

「伝兵衛、今朝は早く湯を沸かして欲しいそうだぞ」

おようが部屋の前で声をかけたが、返事がなかった。

「まだ寝ているのか、伝兵衛」

戸を開けたおようは、きちんと畳まれている布団にいやな予感がして、風呂焚き場に走った。

かまどに火を焚いていたのは伝兵衛ではなく、佐平だった。

「伝兵衛は？」

おようが訊くと、佐平が振り向き、

「まだ来ていませんよ」

呑気に言う。

再び部屋に戻ると、おふじがいて、置手紙を読んでいた。

「女将さん、伝兵衛がいない」

「ええ、そうね」

おふじは冷静な声で言い、おように手紙を渡した。

手紙には、しばらく留守《るす》にします、とだけ書かれていた。

「たったのこれだけ」

およが、悔しげに言う。

「どこに行ったんだろう」

「さあねえ、伝兵衛さんのことだから、ふらりと出かけて、思い出したように帰ってくるんじゃないかね」

おふじは伝兵衛の行き先を知っているが、お役目のため、居場所は教えない。

「さ、仕事しよう。お客さんのお発ちに間に合わないよ」

そう言って部屋を出たおふじの落ち着いた態度に、おようは首を傾げた。

この日、伝兵衛は、神田《かんだ》のとある町の湯屋にいた。

朝湯を使いに来ている芸者に自慢の薬湯の効き目を伺いながら、身体をほぐしている。

「ううん、きもちいい。じいさん見ない顔だけど、新入りかい」

年増の芸者が、うっとりとした声で訊く。

「へい、今日からでござんす」

伝兵衛は明るく言い、女の肩を揉みほぐしながら、湯を使う芸者たちの会話に聞き耳を立てている。

大商人や大名旗本の座敷に呼ばれる芸者たちは、世間話をしている中で、ふと、悪事に繋がる情報を漏らすことがある。

伝兵衛は、風呂焚きのじじいに扮《ふん》して湯屋で働きながら、江戸の暮らしを守っているのだ。

「ちょいと爺さん、次はあたしを揉んでちょうだいな」

声をかけられて、伝兵衛は振り向く。

大年増の女が、流し目で手招きをしていた。

伝兵衛は、少々お待ちを、と愛想笑いをして言い、肩を揉む。

「姐さん、これからもご贔屓《ひいき》に」

「いいわよ。そのかわり、あたしのことも贔屓にしてちょうだいな」

年増の芸者が伝兵衛の手を摑み、乳房に誘う。

「ははぁ、なんとも柔らかい。ここはこっちゃいませんぜ」

「そんなこと言って、女房が怖いの？」

伝兵衛はふと、おすぎのことを想い、笑みを浮かべて言う。

「そんな女房がそばにいてくれたら、ここにはいませんぜ」

龍眼 争奪戦

一〇〇字書評

切り取り線

購買動機（新聞、雑誌名を記入するか、あるいは○をつけてください）	
□（　　　　　　　　　　　　　　）の広告を見て	
□（　　　　　　　　　　　　　　）の書評を見て	
□ 知人のすすめで	□ タイトルに惹かれて
□ カバーが良かったから	□ 内容が面白そうだから
□ 好きな作家だから	□ 好きな分野の本だから

・最近、最も感銘を受けた作品名をお書き下さい

・あなたのお好きな作家名をお書き下さい

・その他、ご要望がありましたらお書き下さい

住所	〒				
氏名		職業		年齢	
Eメール	※携帯には配信できません	新刊情報等のメール配信を　希望する・しない			

この本の感想を、編集部までお寄せいただけたらありがたく存じます。今後の企画の参考にさせていただきます。Eメールでも結構です。

いただいた「一〇〇字書評」は、新聞・雑誌等に紹介させていただくことがあります。その場合はお礼として特製図書カードを差し上げます。

前ページの原稿用紙に書評をお書きの上、切り取り、左記までお送り下さい。宛先の住所は不要です。

なお、ご記入いただいたお名前、ご住所等は、書評紹介の事前了解、謝礼のお届けのためだけに利用し、そのほかの目的のために利用することはありません。

〒一〇一―八七〇一
祥伝社文庫編集長　坂口芳和
電話　〇三（三二六五）二〇八〇

祥伝社ホームページの「ブックレビュー」からも、書き込めます。
http://www.shodensha.co.jp/bookreview/

祥伝社文庫

龍眼《りゅうがん》 争奪戦《そうだつせん》 隠《かく》れ御庭番《おにわばん》

平成27年9月5日 初版第1刷発行

著者 佐々木裕一《ささきゆういち》
発行者 竹内和芳
発行所 祥伝社《しょうでんしゃ》
東京都千代田区神田神保町3-3
〒101-8701
電話 03（3265）2081（販売部）
電話 03（3265）2080（編集部）
電話 03（3265）3622（業務部）
http://www.shodensha.co.jp/

印刷所 堀内印刷
製本所 ナショナル製本
カバーフォーマットデザイン 中原達治

Printed in Japan ©2015, Yuichi Sasaki ISBN978-4-396-34147-3 C0193